AF201314

Athos – 3 Hundekrimis

und

23 Kurzgeschichten

Bibliographische Informationen der Deutschen Nationalbibliothek

Die Deutsche Nationalbibliothek verzeichnet diese Publikation in der Deutschen Nationalbibliographie; detaillierte bibliographische Daten sind im Internet über http//dnb.dnb.de abrufbar.

Herstellung und Verlag

BoD- Books on Demand, Norderstedt

© 2018 Beate und Nikolaus Deister

ISBN 9783746097534

Athos – 3 HUNDEKRIMIS

und

23 Kurzgeschichten

Inhaltsverzeichnis:

Athos´ 1. Fall

1.Januar 2016

„Halt - nicht ganz so schnell - mach langsam - Du Miserabliger!" Lisa läuft mal wieder japsend hinter mir her. Ich werfe meine 10 kg Kampfgewicht in die Leine und dränge weiter voran. „Erst dem Kater das Futter stehlen und schon wieder hier den Ton angeben!" Frauchen schimpft, rennt und schnauft: „Athos, nein, das geht nicht. Stopp. Du kannst uns nicht immer auf dem Kopf herumtanzen." Sie zieht energisch an der Leine und ich werde in meinem Spurt ausgebremst.

Lisa übertreibt. So schlimm ist es nicht mit mir; bin eigentlich ein ganz Verträglicher. Doch wenn der alte Kater so lahm ums Futter herumschleicht, dann scheint er nicht so hungrig wie ich zu sein. Soll der alte Knabe mal schneller werden, so wie ich!

„Weiter – bloß weiter"… mich treiben ganz andere Sorgen. Viel wichtigere Dinge: meinen großen Kumpel Runnar hat´s umgehauen, er ist tot. Soll Rattengift gefressen haben. Hat sich 3 Tage lang gequält und es dann doch nicht geschafft. Die Tierärztin konnte ihm nicht helfen. Bin noch ganz geschockt von den schrecklichen Ereignissen.

„Er hat innere Blutungen in die Lunge bekommen" hörte ich gestern Runnars Frauchen zu Lisa sagen.

Die Tierärztin konnte nichts mehr machen..." Schluchzend brach sie ab. „Es ist so eine Gemeinheit, dass dieses Gift ausgelegt wurde, ohne Warnhinweise. Wenn ich den zu fassen kriege..." Runnars Frauchen war außer sich. „Es werden immer die Falschen getroffen, unschuldige Tiere, mein armer, guter Hund!"

Aus diesem Grunde war das Silvesterfest gestern Abend bei uns zu Hause auch getrübt. Wir waren sehr traurig über Runnars Tod und weil natürlich sein Frauchen und Herrchen so verzweifelt darüber waren.

Und das blöde Knallen und Böllern um Mitternacht hatten mich und meinem Katerfreund auch aus der Bahn geworfen. Wir verstanden nicht, warum es draußen so laut war und aus allen Ecken donnerte, wir überall Lichtblitze sahen... Der Kater versteckte sich flugs im Badezimmer und ich fand zum Glück unterm Bett noch einen sicheren Platz.

Es wird Zeit, dass ich mich vorstelle: Ich bin Athos und komme aus einem Dorf im Süden der Insel Kreta. Bin da geboren und aufgewachsen. War sehr selbstständig auf meinen kurzen, aber flotten Beinen. Bin jeden Morgen am Strand entlang, habe mit anderen Hunden gespielt, das Dorf durchquert, rauf und runter. Voller Sehnsucht denke ich da gerade dran. Auch an die schöne kräftige Sonne, die mein Fell erwärmte. Blöd war da allerdings immer dieses Kratzen in meinem Fell, das habe ich alleine nie in den Griff bekommen. Das wurde erst besser, als Lisa mich zum Tierarzt brachte und der mir eine Paste auf den Rücken rieb; nun ja, trotzdem war´s auch schön dort. Jetzt fällt mir allerdings ein, dass es nicht immer was zu essen gab, mein Magen oft knurrte und ich kein kuschliges Plätzchen für die Nacht fand, nur ein Gebüsch oder einen alten Liegestuhl. Ganz abgesehen von den frostigen Nächten im letzten Winter, als es so lausig kalt war und ich wenig zum Futtern fand ...wenn mich da nicht ab und an einer der Dorfbewohner aus Agia Galini mit ins Haus gelassen hätte, wäre ich wahrscheinlich heute nicht mehr da.

Hier in Mainz ist es auch recht frisch, und diese weißen Flocken, die vom Himmel fliegen, habe ich noch nie gesehen.

Aber zurück zu meinem eigentlichen Dilemma: ich will denjenigen finden, der das Runnar angetan hat! Leider hänge ich hier an der blöden Leine fest. Lisa lässt mich einfach nicht alleine laufen. Warum bloß? Sie hat schon gesagt, dass hier so ein komischer „Leinenzwang" herrscht und ich deswegen bei ihr bleiben soll. Doch da wo ich herkomme, bin ich den ganzen Tag alleine herum gelaufen. Mein beige-schwarzer Kopf ist voll von bunten Erinnerungen, aber eigentlich möchte ich mich konzentrieren. Auf die alles entscheidende Frage: wie kann ich den Mörder von Runnar finden? Ihn zur Strecke bringen. Beißen. Erledigen.

Denn sonst hat der bald noch mehr Tiere und Menschen auf dem Gewissen. Und das darf nicht passieren!"

Frauchen biegt nun mit mir um die Ecke und sofort entdecke ich einen schrecklich großen Artgenossen... er kommt direkt auf uns zu! Mein Nackenhaar stellt sich auf. In Deckung - Richtung wechseln! Mit so einem großen Schäferhund habe ich mal schlechte Erfahrung gemacht und da haue ich lieber ab. Lisa versucht mich zu beruhigen, stellt sich zwischen mich und den näherkommenden Hund. Mein glattes Fell sträubt sich. Lisa redete ruhig auf mich ein. Nun steckt sie mir ein Leckerli zu, sodass ich gar nicht weiß, was ich zuerst machen soll.

Gleich siegt die Gier. „Lecker, das schnapp ich mir". Während ich noch darauf herum knabbere ist die Gefahr seltsamerweise fortgegangen. Nanu - das ging ja schnell. Bin etwas verwundert. Schau mich sicherheitshalber noch ein paarmal um. Glück gehabt! Der unheimliche Kerl ist weg. So langsam beruhige ich mich wieder. Das alte Selbstbewusstsein kehrt zurück und ich ziehe heftig an der Leine. Meine Ohren fliegen im Wind und Lisa flucht. Plötzlich habe ich einen seltsamen Geruch in der Nase, muss stoppen, nehme Witterung auf. Da stimmt was nicht! Aufgeregt schnuppere ich nun am Boden entlang. Hier riecht etwas schlecht. Gar nicht gut... doch ich muss wissen was es ist!!!!

Meine feine Nase stößt an etwas Weiches, Felliges...doch bevor ich das näher untersuchen kann, werde ich durch die dumme Leine weggerissen. „Athos - weg da!", zischt Lisa.

Vor uns liegt ein totes braunes Eichhörnchen. Dem wollte ich ja gar nichts machen. Ich hatte doch nur den seltsamen Geruch.... Lisa wird streng. Sie fasst die Leine kurz, zerrt mich zurück und wir gehen in einem sehr großen Bogen um das kleine Tier herum. Mist. Dabei bin ich so wissbegierig, will mir doch nur ein Bild vom ganzen Ereignis machen.

Mein Superfrauchen ist jetzt so angespannt und ernst. „Athos, mir kommt das nicht geheuer vor, die Stelle hier, die ist gar nicht so weit von dem gefährlichen Ort entfernt, an dem Runnar ins Gebüsch entschwand. Wer weiß was mit dem Eichhörnchen passiert ist...und schau mal hin, da liegt ja noch ein totes Tier! Huch...ich glaub` diesmal ist es eine Ratte... bloß weg von hier!" Lisa macht einen weiten Satz und ich springe in ihren Sprung und Schwung mit hinein.

Im Nu haben wir uns 10, 20 Meter von der Fundstelle entfernt und eisern geht Lisa weiter.

„Wir müssen bei der Stadt anrufen, Athos, das kommt mir nicht geheuer vor. Die Tiere könnten vergiftet worden sein. Die sahen ja äußerlich noch ganz unverletzt aus. Wenn die das Gift in sich haben, sollte man aufpassen und auch andere schützen!"

Na, ich merke schon, dass die Brisanz des Fundes mir nun keine Zeit für eigene Untersuchungen lässt.

Dass das Frauchen immer gleich so hektisch wird und mir keinen Raum für eigene Erkundungen gibt! Dabei war mir so ein Fund nicht unbekannt. Auch auf Kreta hatte ich sehr oft solche Erlebnisse, also tote Katzenbekannte und Hundefreunde. Die lagen schrecklich starr, unbeweglich und kalt vor irgendwelchen Hütten oder im Gebüsch und ich habe mich oft gefragt, was da passiert sei.

Na, jedenfalls wurde unser Spaziergang recht schnell abgekürzt und Lisa hatte es sehr eilig mit mir nach Hause zu kommen, um auch Herrchen Nikos von den Erlebnissen zu berichten.

Bei der Stadt konnte Lisa erst am nächsten Tag anrufen, weil ja ein Feiertag war. Sie hat mich dann aber zu Hause gelassen und sich darum gekümmert, dass die vergifteten Tiere eingesammelt wurden.

03. Januar 2016

Zum Glück hat Lisa noch frei und muss nicht zur Arbeit gehen. Das bedeutet für mich: mehr

Spaziergänge, mehr an die frische Luft und mehr Zeit für Recherche.

Wir sehen nun an einigen Stellen im Park selbstgebastelte Schilder und da drauf steht etwas geschrieben. Lisa liest laut vor: „Vorsichtig - Rattengift" und gleich darauf spüre ich, wie sie mich intuitiv näher an sich heranzieht. Als ob ich Rattengift fressen würde... bin doch viel zu clever dafür. Denk´ ich mir jedenfalls so.

Lisa scheint meine Gedanken erraten zu können, denn sie versucht es gleich wieder mit ihren erzieherischen Maßnahmen. Die war ja mal Sozialpädagogin und nun muss ich das ausbaden.

„Athos - auch Dir könnte das passieren. Die Köder würden dir auch gut schmecken und dann ist es passiert! Nimm´ bloß nichts vom Boden auf!" Herrje - sie übertreibt. Zumal ich in meiner alten Heimat nur so durchs Leben kam. Da habe ich alles gefressen, was ich so an Nahrhaftem fand. Sogar alte Knochen habe ich ausgegraben und Giros von gestern, mit alten Pommes Frites... vor meinen Hundeaugen tauchten jetzt so allerlei fressbare Dinge auf. Aber wenn ich ehrlich bin, längst nicht alles ist mir auch bekommen. Das ist schon ein besseres Leben so, hier in Mainz.

Auf dem Weg kommt uns nun der kleine Munk entgegen. Der hat ein weißes, zotteliges Fell und ist deutlich kleiner als ich. Auch wenn das ein

Geschlechtsgenosse ist: mit dem komme ich klar. Keine Konkurrenz. Also beschnuppern wir uns, die Frauchen plauschen noch ein wenig miteinander, Lisa warnt vor dem Rattengift und dann gehen wir weiter.

Also ich mach´s kurz: keine zwei Tage später trafen wir Munks Frauchen weinend an der Bushaltestelle. Sie berichtete uns, dass ihr gleich nach unserer letzten Begegnung der kleine Munk aus der Leine entwischt war und ins Gebüsch gelaufen ist. Da muss er dann etwas Schlechtes gefressen haben und am nächsten Tag schon war er tot.

„Rattengift", denke ich mir nur. Das Zeug muss gefunden werden! Das scheint da tatsächlich herum zu liegen.

Frauchen tröstete das arme Frauchen von Munk und die Beiden haben sich noch lange aufgeregt unterhalten. Ich bin der armen Frau auch um die Beine gestrichen um sie zu beruhigen und sie hat mich ganz viel gestreichelt.

Mensch, der arme Kerl, den Munk konnte ich gut leiden. Auch der war ein guter Kumpel gewesen.

„Ich habe den Leuten von der Stadt von den Vorkommnissen berichtet" erzählte Lisa. „Die haben das Gebüsch abgesucht und auch Bewohner befragt, ob sie etwas von Rattengift wissen. Doch da kam nichts Klärendes bei raus.

Irgendwie ist das ja wie verhext… das kann so nicht weitergehen." Lisa schüttelt energisch ihren Kopf.

Stimmt, so kann das nicht weitergehen, denke ich mir auch und zähle in Gedanken die Reihe der verstorbenen Genossen auf: erst der arme Runnar, dann das Eichhörnchen, die Ratte und nun Munk!

Lisa machte mit mir dann noch einen sehr weiten Spaziergang, bis runter in den Ort.

Dort ist sie in die Post gegangen und hat mich mitgenommen, weil die draußen so ein süßes Schild drangemacht haben, dass wir Hunde willkommen sind. Finde ich supernett von denen. Drinnen haben wir uns zusammen in die Warteschlange gestellt und Lisa hat ihr Geburtstagspäckchen für eine Freundin aufgegeben. Mein Interesse galt derweil einem kleinen Hundemädchen mit roter Schleife, die nur knapp vor mir neben ihrem Herrchen warten musste.

Natürlich hat Lisa unseren Fall auch dort in der Post erzählt und den Mann mit der süßen Hundedame vor dem Rattengift gewarnt. Das wäre sehr schlimm, wenn meiner neuesten Flamme etwas passieren würde. Die möchte ich nämlich unbedingt bald wiedersehen.

05. Januar 2016

Bei uns in Bretzenheim gibt es übrigens sehr viele Ladenbesitzer, die zu uns Hunden sehr nett sind. Die uns nicht vertreiben oder böse sind. Es gibt kaum Schilder, dass wir draußen bleiben müssen oder dass wir weggejagt werden wenn man uns sieht. Mir ist das in meiner alten Heimat sehr oft passiert. Wusste ganz genau, wo ich mich blicken lassen konnte und wo ich besser einen großen Bogen mache musste.

Klar, dass ich hier in Bretzenheim beim Fleischermeister nicht mit reindarf - das kann ich verstehen. Bei all den Leckereien die da so herumhängen. Da könnte ich auch nicht widerstehen. In vielen anderen Läden ist es für mich langweiliger, weil die nichts für mich haben, aber da ist es wenigstens schön warm - jetzt im Winter. Und ich kann bei meinem Herrchen und Frauchen bleiben. Das ist mir sehr wichtig, weil ich die ja bewachen muss, damit ihnen nichts passiert.

Heute bekamen Lisa und Nikos noch Besuch von einer netten Freundin aus Nürnberg. Die Irmi habe ich stürmisch begrüßt, denn sie war auch dabei, als mich die Beiden in Kreta gefunden und mit nach Mainz genommen haben.

Zu dritt sind wir dann durch den Park gelaufen, und haben noch Christina abgeholt, auch eine liebe Freundin der Beiden. Lisa hat natürlich gleich von

<u>meinem</u> Fall erzählt; das heißt eigentlich wissen Herrchen und Frauchen ja gar nicht, dass ich die Angelegenheit zur Chefsache erklärt habe. Doch müssen die ja nicht alles wissen!

Die blonde Irmi meinte noch vieldeutig, dass das Rattengift vielleicht gar nicht für Tiere bestimmt war und dass im Leben nicht alles so ist, wie es scheint. Oh, das habe ich nun überhaupt nicht verstanden. Ich komme zwar aus einem Land, in dem viele Philosophen geboren wurden, aber diese Aussage war mir zu kompliziert.

Meine ganze Menschengruppe ist am Abend mit mir zu ´Marcello´ gegangen. Wenn ich diesen Namen höre, bin ich freudig dabei. Das bedeutet Spaß und Abwechslung. Dort sind alle sehr nett zu mir und ich bekomme viele Streichler und manchmal auch ein Leckerli.

Der Marcello ist der Lieblingsitaliener von Lisa und Nikos. Meiner auch. Bei dem gibt es nicht nur die gut belegte Pizza, sondern auch ein paar besondere italienische Spezialitäten aus Apulien. Lisa isst zum Beispiel gerne gefüllte Nudeln mit Feigen und Herrchen mag die Fleischgerichte mit der besonderen Senfsauce. Für mich fällt mitunter ein Fleischstück herunter und ich kann gemütlich zu Nikos Füßen liegen.

Am großen Nebentisch sitzen auch immer die gleichen Leute. Lisa hatte mal zu Nikos gesagt, dass es ein Stammtisch ehemaliger Lehrer vom Gymnasium ihrer Kinder sei. Finde ich gut, dass die sich immer noch treffen und sich viel zu erzählen haben.

Und ich sehe auch den alten Herrn Müller und meinen Hundefreund Bruno im Kreise der Familie. Mit Bruno beschnuppere ich mich oft, wenn ich ihn im Park treffe. Herr Müller hat manchmal ein Leckerli für mich und das macht ihn natürlich sehr sympathisch. Manchmal sieht er allerdings sehr traurig aus. Warum das so ist, weiß ich noch nicht. Jetzt gerade sitzt er aber in der gemütlichen Pizzeria neben seiner Tochter und dem Enkelkind. Ich finde, dass er da gut aufgehoben ist.

Auf dem Weg durch die Dunkelheit nach Hause habe ich noch eine besondere Entdeckung gemacht: ein kleines Kerzenlicht brannte am Rande des Gehweges. Das hat bestimmt das Frauchen von Runnar zur Erinnerung und Mahnung aufgestellt. Bei dem Anblick des flackenden Kerzenlichtes stellen sich unwillkürlich meine Nackenhaare auf und ich erinnere mich an meine Mission.

Mainzer Altenheim/ 8. Januar

Morgens um kurz vor sieben stehen wir schon an
der Bushaltestelle. Also mein Superherrchen Nikos
und ich - egal ob es stürmt oder schneit - wir sind
zur Stelle. Bin schon recht aufgeregt, wenn ich mit
darf. Der Einsatz ist lang und viele Hände werden
mich streicheln, aber ich - Athos - werde da
dringend gebraucht.

Die Tätersuche für Runnar muss warten.

Die Lichtkegel des herannahenden Busses blenden
auf, Türen öffnen sich und wir springen hurtig hinein;
erst mal richtig schütteln. Herrchen setzt sich gleich
in der Mitte auf einen Klappsitz, ich dicht an seinen
Füßen. Manchmal treten mir wildfremde Leute fast
auf die Pfoten, doch bis jetzt habe ich noch
meistens Glück gehabt. Meine empfindliche Nase
geht nach oben und erfasst neugierig mein
Umfeld: diese vielen Menschen und ihre
verschiedenen Düfte sind sehr aufregend für mich.

Tür auf, Tür zu, ständig gehen Personen hinaus und
andere kommen herein. Und von draußen kommt
die frische Luft mit weiteren Bildern und neuen
Eindrücken dazu. Das ist eine spannende Sache für
mich!

Nach vielen Stopps steigen wir dann an der
Haltestelle ´Höfchen´ aus und gehen direkt über

den großen Platz. Habe ich schon verraten, dass Mainz eine wunderschöne große Stadt ist? Hier gibt es so riesige Häuser und Bäume, wie ich sie auf meiner griechischen Insel nie gesehen habe. Jetzt zum Beispiel kann ich die große Kirche sehen, die hier aber "Dom" genannt wird. Bei mir auf Kreta, gab es auch schöne Kirchen, aber viel, viel kleiner. Diese ist soooo riesig. Den Dom kann ich nur erkennen, wenn wir weit genug weg stehen. Und manchmal, wenn die Morgensonne drauf blitzt, dann scheint er golden zu sein. Das glaubt ihr mir nicht? Warum? Die Leute hier sagen ja auch: "Mei goldisch Meenz." - und denen wird ja auch geglaubt. Für mich ist er jedenfalls golden, der Dom. So ähnlich schön wie mein leuchtendes Fell.

Weiter geht es nun Richtung Altenheim und ich bin schon ganz aufgeregt. „Los, Du lahmes Herrchen, komm in Trab, die warten doch alle nur auf mich!" Durch den schönen großen Garten, wo ich noch schnell einen Gruß am Rosenbusch hinterlasse, geht es direkt in das Foyer des Altenheimes.

Jetzt aber flott die Treppen hochgesprungen, den Gang lang gejagt und rein in das Zimmer, in dem sie schon alle warten. „Heij, ja, Athos, da bist du ja, wie schön, du goldischer Kerl!" Viele Hände und Finger stürzen sich auf mich und gleich schmeiß´ ich mich hin, nehme meine „Arbeitshaltung" ein, wie Herrchen immer sagt. Genießerisch schließe ich meine Augen. Oh, wie ist das fein, könnte stundenlang so weitergehen. Sind die alle nett hier und so lieb.

Herrchen mault: „Und wo bleibe ich - immer nur der Hund!" Doch an seinem Tonfall höre ich, dass er eigentlich gut drauf ist und nur Spaß macht.

Mein Superherrchen und die Pfleger tauschen sich nun aus, was so am heutigen Tag im Heim erledigt werden muss, was in der Nacht passiert ist, wer Hilfe beim Essen braucht und was sie überhaupt heute an Aktivitäten anbieten wollen.

Herrchen lässt mich erst mal in der Ecke des Schwesternzimmers auf einer Decke ausruhen und macht mich mit der roten Leine fest. Ich bekomme noch ein Leckerli und so ist mir das recht. Erst mal wieder entspannen und für mich sein, meinen aufregenden Erlebnissen heute früh nachspüren, und auch vordenken.

Ich glaube, die meisten Menschen meinen, wir Hunde seien ein wenig dumm: wir würden herumtollen, gerne in den Tag hinein schlafen und uns ansonsten wenig Gedanken machen. Doch das ist nun wirklich nicht der Fall. Ich mache mir in der Tat sehr viele Gedanken.

So auch hier im Altenheim. Was ist z.B. mit der alten Frau los, die ich eben beim Vorbeigehen in ihrem Rollstuhl auf dem Gang sitzen sah? Beim

Vorbeigehen spürte ich aufblitzende Freude bei ihr, aber ich habe auch Angstschweiß geschnuppert. Ja was denn nun? Mochte sie mich oder nicht? Mal sehen, vielleicht bekomme ich das noch heraus?

Und dann mache ich mir auch Gedanken um Herrn Meier, der erst ganz kurz im Heim ist und immer so traurig dreinschaut. Mit seinem kleinen Rollator kommt er nur ganz mühsam voran. Was der wohl hat? Auch die Helfer und Pfleger im Heim schauen oft ganz müde und überarbeitet drein. Warum die nicht genügend Schlaf finden, so wie ich, verstehe ich auch nicht. Doch sind die immer nett zu mir.

Fragen über Fragen...und dann noch der Runnar... nun ist mir aber auch alles zu viel und meine Augen fallen zu. Ich höre mich noch selber schnarchen und dann bin ich erst mal weg.

„Athos, du kleines Faultier, komm, wir gehen mal zu Frau Kloster ins Zimmer. Die hat nach dir gefragt." Ich spüre Herrchens Hand auf meinem Fell und er streichelt mich wach. Eigentlich will ich gar nicht wach werden. Frechheit, wo ich gerade so schön von der Weite am griechischen Strand geträumt habe und der warmen Sonne. Erst mal dehnen und strecken - und gähnen. Jetzt fällt mir aber wieder ein, dass ich ja gerne wissen wollte, was mit der

Frau los war, die so widersprüchlich in ihrem Verhalten war.

Herrchen möchte gleich mit mir in das Zimmer dieser Frau gehen. Wow, ja, da will ich hin. Mal sehen, was da los ist. Schon will ich loshechten, doch Herrchen ermahnt mich wieder zur Ruhe. Ganz gesittet laufe ich nun neben Nikos her und wir betreten das kleine Zimmer der alten Frau. Diesmal lächelt sie und ich rieche keinen Angstschweiß.

Langsam tapse ich näher an sie heran und vorsichtig nähere ich mich der Hand, die da langsam am Rollstuhl herunter wandert. Erst mal beschnuppern. „Ja, die ist gut, die tut mir nichts", denk ich so bei mir Und ganz behutsam streichelt sie meinen Kopf. „Ist ja 'ne ganz Liebe", denke ich so bei mir, „doch was hatte sie denn vorhin auf dem Gang?"

„Ach, Herr Achtsam", so heißt mein Herrchen, fängt die alte Frau stockend an zu erzählen. „Unsere Nachbarn hatten früher auch mal so einen schönen Hund wie Ihren hier, nur größer, einen Schäferhund. Der hat mich mal im Übereifer gebissen und seitdem habe ich Angst vor Hunden. Habe seit über 30 Jahren keinen mehr gestreichelt. Doch der Athos, den habe ich ja nun schon so oft hier beobachtet, der ist ja so brav. Vor dem habe ich keine Angst mehr. Da traue ich mich!"

Nun wandert ihre Hand über mein Fell und es tut gut. „Ja, Athos, Du bist so lieb und anschmiegsam. Wissen Sie, mein verstorbener Mann und ich sind früher viel zum Wandern gegangen, wir waren da in einem geselligen Verein..."

Sie erzählt nun etwas aus ihrem Leben und mein Herrchen hört aufmerksam zu. Er ist ein guter und genauer Zuhörer. „Das wird wieder länger dauern", denke ich und lege mich auf den Boden.

Immerhin weiß ich nun, warum die alte Frau vorhin auf dem Gang so widersprüchliche Signale ausgesendet hat. Vor so einem großen Schäferhund hat sie Angst gehabt. Das kann ich gut verstehen. Da haben wir eine Gemeinsamkeit, denen gehe ich auch lieber aus dem Weg.

Meine schmerzhafte Begegnung mit dieser Sorte Hund fällt mir ein. Auf Kreta, da wo ich herkomme, war es so üblich, dass manchmal Schafherden aus den Bergen durch unser Dorf getrieben wurden. Da war nicht nur der Schäfer dabei, sondern auch dieser große Hund, der die Herde bewacht. Und der meinte wohl, dass ich etwas von seinen großen zotteligen Tieren wollte. Dabei stand ich nur neugierig am Wegrand herum. Sah noch das drohende Funkeln in seinen Augen und wie er plötzlich auf mich zu raste. So schnell konnte ich mit meinen kurzen Beinen gar nicht weglaufen. Also schmiss ich mich auf den Rücken und hielt ihm meine Kehle hin… und der Kerl schnappte wirklich zu, biss mir aber in den Bauch! Autsch, das tat weh!! Dann bellte er laut auf und sprang seiner Herde hinterher.

So schnell ich konnte lief auch ich davon und verkroch mich hinterm Dorf in ein Gebüsch. Etwas Warmes war an meinem Fell. Es war rot und tropfte aus meinem Bauch. Mit meiner Zunge schleckte und schleckte ich den warmen Saft weg und zitterte vor Schreck am ganzen Körper. Blieb die ganze Nacht fort aus Angst und traute mich erst am nächsten Tag vorsichtig an den Strand. Doch nur, weil ich so Hunger hatte. Eine Touristin hat mich gesehen und mir eine Handvoll Hundefutter gegeben. Das war sehr lieb von ihr. Doch dann hat mich ihr grober Begleiter festgehalten, gegen meinen Widerstand auf den Rücken geworfen und die nette Frau hat mir so eine Creme auf meine Wunde gemacht, dass es höllisch brannte. Das tat so weh, dass ich sofort loslief, sobald der böse Mann mich losgelassen hat. Flugs habe ich mich gleich wieder im sicheren Gebüsch verkrochen und bin erst rausgekommen, als alles still im Dorf war und der leuchtende Mond am Himmel zu sehen war.

Im Nachhinein denke ich mir oft, dass die Beiden es vielleicht nicht böse gemeint haben. Vielleicht wollten die mir nur helfen. Jedenfalls habe ich mich wieder von dem Schrecken erholt und von der

Bisswunde ist nur eine Narbe geblieben. Glück gehabt!

Eigentlich wollte ich diese Geschichte gar nicht erzählen. Doch nun kamen die Erinnerungen wieder hoch, weil ja auch Frau Kloster Angst vor Schäferhunden hatte.

Mein Herrchen Nikos meint immer, ich bin ein ´kleiner Schisser´, doch habe ich nur Respekt vor solchen Hunden, habe eben meine Erfahrungen.

Wir verabschieden Frau Kloster, die mir noch ein kleines Leckerli anbietet. Herrchen möchte zu Herrn Müller weitergehen. Auch der hat seine eigene Geschichte. Beim Betreten des Zimmers spüre ich Traurigkeit und Schwere. „Wie geht es Ihnen heute, Herr Müller", fragt ihn Nikos. Nur sehr langsam und leise kommt eine Antwort: „Es muss ja, Herr Achtsam. Aber ehrlich gesagt, geht es mir nicht so gut. Denke noch oft an meine liebe Frau und dass ich jetzt aus der Wohnung musste. Meine Beine wollen nicht mehr so. Das war früher einfach alles besser...." Auch zu Herrn Müller gehe ich recht gerne. Er ist freundlich zu mir.

Seltsam ist nur, dass fast alle Menschen, die uns begegnen, immer wieder aus ihrem Leben erzählen. Also ob da so ein Schalter gedrückt wird, der alte Erinnerungen hochkommen lässt.

Na ja, wenn ich ehrlich bin, passiert mir das ja ebenso. Ich denke auch oft an frühere Zeiten. Doch ich glaube, mir geht es momentan recht gut, will gar nicht woanders sein als in Mainz, bei meinen zwei Leithunden Lisa und Nikos.

Doch ich bin noch jung, gerade mal 2 Jahre alt und in mir stecken noch sehr viel Energie und Kraft. Möchte noch gaaanz viel erleben. Die Menschen hier im Heim hingegen sind da schon ruhiger und erfahrener. Sie sind betagt und alle Bewegungen von ihnen sind bedächtiger und langsam. So herumspringen und herumtollen, wie ich es kann, dass schafft hier keiner. Selbst mein Herrchen ist da eine Schlaftablette gegen mich.

Jetzt fällt mir ein, dass mein Kumpel Runnar auch schon etwas ruhiger und gemütlicher war. Stimmt, der war schon recht alt mit seinen 13 Jahren... trotzdem zu früh zum Sterben. Ihr seht, ich beschäftige mich selbst bei Abwesenheit mit dem Fall. Der lässt mich nicht ganz los. Gleich heute Nachmittag, wenn wir zu Hause sind, will ich Herrchen wieder dahin dirigieren: in die Nähe, wo Runnar das Rattengift gefressen haben soll. Und wahrscheinlich auch das braune Eichhörnchen und diese seltsame Ratte.

Die sind nun alle im Tierhimmel. Auch da frage ich mich oft, wo die nun genau sind und ob die da herumspringen können oder ob sie schlafen.

Schon wieder abgeschweift... bin doch im Altenheim, jetzt bei Herrn Müller. Dieser ist nun ganz müde geworden vom vielen Erzählen, und sein Kopf hat sich langsam auf die Brust gesenkt. Ich höre ihn leise schnarchen. Vorsichtig verlassen wir das Zimmer.

Nikos und ich besuchen noch weitere Bewohner und dann reicht´s mir. Will auf dem langen Flur erst mal ganz schnell hin und herlaufen. Irgendwie stecken da Energie und auch Unruhe in mir, die ich erst mal loswerden muss.

Wie der geölte Blitz rase ich herum, um dann immer noch rechtzeig vor der Wand abzubremsen. Da bin ich richtig gut drin. Das habe ich draußen, im griechischen Dorf, gelernt. Trotz meiner kurzen Beinchen und den dicken Pfoten bin ich sehr schnell.

Und um die Ecke rennen kann ich auch gut. Musste ja oft genug was stibitzen. Da musst du einfach schnell sein.

23.Januar 2016

An einem Samstagmorgen hatte Frauchen Lisa entschlossen eine große Tasche mit Büchern und Kleidungsstücken gepackt und Herrchen zugerufen: „Athos und ich gehen zusammen zum

ZMO, Bücher und Klamotten abgeben für einen guten Zweck!"

Achtung, gleich kommt Herrchens Einwurf, dachte ich bei mir und schon setzte Herrchen vorsichtig an. Mit aufgestellten Ohren hörte ich ihn Lisa ermahnen: „Du gehst mit 8 Büchern fort und kommst mit 10 zurück! Bitte lass´ die alten Bücher dort - wir haben doch genug zu lesen". „Bücher und Wissen kam man nie genug haben" kam die bekannte Antwort gleich zurück. Ach ja, da war sie wieder, die bekannte Diskussion. Frauchen sammelt extrem gerne bedrucktes Papier; da ist sie ein echter Bücherwurm - kommt aber kaum zum Lesen. Daher entfacht sich zwischen den Beiden immer der gleiche Gedankenaustausch.

Lisa war eifrig am Kramen und schließlich war alles zusammengepackt. Sie nahm den blauen Rucksack, die prall gefüllten Tüten und klickte mich an die Leine.

„Keine Angst, diesmal bringe ich nichts mit" rief sie ihrem Mann zu. „Höchstens 1 oder 2 Bücher", flüsterte sie mir dabei geheimnisvoll zu. Mir war das egal.

Ich lese ja überhaupt keine Bücher, sondern nur Spuren.
Freute mich nun auf den Gassi-Gang durch den Park. Das würde Spaß machen. Mein kleines Herz hüpfte wild; vor Freude sprang ich in der Wohnung

herum und der Kater verließ maunzend seinen Platz.

Endlich konnte ich meine Beobachtungen zum Rattengiftfall wieder aufnehmen. Vor meinem inneren Auge sah ich noch immer den armen Runnar, das kleine braune Eichhörnchen und den wuscheligen Munk, die nun im Tierhimmel waren. Sie alle brauchten eine Stimme hier bei den Menschen. Ich fühlte mich verpflichtet, das Verbrechen an Ihnen aufzuklären.

Vor der Haustür zog ich gleich wieder an. Mein Ziel war nun schnell in den Park zu kommen, um mein Geschäft zu erledigen und dann Spuren zu lesen. Lisas Ziel dagegen war dieser seltsame Second Hand Laden, wo es sie nun öfters zum Stöbern hinzog. Frauchen fand es gut, wenn Sachen wiederverwendet wurden und gleichzeitig Geld für gute Zwecke zusammenkam.

Die ZMO heißt eigentlich „Zusammenarbeit mit Osteuropa" und dieser Verein sammelt auch alles rund um den Haushalt und gibt es für wenige Euros preisgünstig ab. Meine Lisa ist da immer hellauf begeistert dabei.

Ich persönlich finde es schrecklich langweilig, wenn sie in den Reihen alter Bücher nach angeblich spannender Lektüre sucht. Das dauert immer ewig lange und ich wäre lieber draußen.

Heute habe ich aber Glück, denn als wir vor dem ZMO an der Hans - Böckler - Straße ankommen, da sehe ich schon den netten alten Herrn Müller mit meinem Freund Bruno auf der Bank am Spielplatz sitzen.

„Na, wen haben wir denn da?", sprach er uns gleich freundlich an. „Geht es wieder in den Krimskrams - Laden? " Lisa schaute missmutig, doch ich gab ihm recht. Es stimmte ja: „Frauchen hat bestimmt einen Kaufrausch", dachte ich mir. Besser wäre es, wenn sie mich in der Zwischenzeit mal loslaufen ließ. Schließlich hatte ich eine Mission, der ich folgen musste!

Nun bot der alte Mann Lisa an, sich um mich zu kümmern: „Lassen Sie doch den Hund bei mir, hier hat er Gesellschaft mit meinem Bruno. Und sie können in Ruhe da drinnen einkaufen. Vielleicht finden sie ja was Schönes für Fastnacht. Die verkaufen auch für ein paar Euro Kostüme."

„Das wäre super nett von Ihnen", sagte sie erleichtert. „Ich geh´ eben nur kurz rein." Von wegen, dachte ich mir. Das dauert bestimmt wieder eine halbe Ewigkeit. Langweilig....

Lisa vertraute mich nun dem alten Mann an, denn wir waren uns schon öfters im Park und bei Marcello begegnet und kannten uns.

Hier draußen war es schön. Bruno und sein Herrchen mag ich sehr gerne.

Manchmal bekomme ich auch von den Beiden einen Hundekuchen ab und wir können uns gemeinsam die vorbeilaufenden Passanten betrachten.

Heute war der alte Herr sehr redselig: „Ach, Athos, du lieber Hund" – er streichelte mein weiches Fell- „wenn du wüsstest, was ich in der letzten Zeit so durchgemacht habe."

Er schaute sich um, ob ihn jemand beim Sprechen mit uns Hunden beobachtete. Doch im Moment war niemand zu sehen. „Also ehrlich gesagt, säße ich fast nicht mehr hier bei euch in der Mittagssonne und wäre schon bei meiner guten Frau Hannah." Er senkte seine Stimme noch weiter ab: „Doch das konnte ich meiner Tochter nicht antun. Und ein wenig schön ist das Leben ja doch. Gerade jetzt so, mit euch zweien hier so friedlich auf der Bank!"

Ich wurde hellhörig und spitzte meine Ohren. Meine braunen Augen betrachteten nun aufmerksam den Erzähler. Was wollte er uns damit sagen?

„Athos, schau mich nicht so an... es ist ja gut. Bin ja noch da. Doch eigentlich hatte ich mir schon was besorgt und wollte meiner Hannah nachfolgen. Die ist im letzten Sommer an Krebs gestorben. Und ich konnte ihr nicht helfen. Wir konnten sie nur begleiten und haben sehr gelitten." Nun jaulte

Bruno, mein Kumpel, leise auf, als der Name seines Frauchens fiel. „Bruno, ist ja gut, du warst immer ein braver Hund und Frauchen mochte dich so gerne. Das war eine harte Zeit für uns. Wir beide machen aber nun weiter. Unsere Zeit ist noch nicht abgelaufen."

„Weißt du, Athos..." nun beugte er sich flüsternd an mein Ohr, „ich hatte schon Gift gekauft und wollte das nehmen... um Hannah nachzufolgen... doch dann habe ich es nicht übers Herz gebracht. Einmal wegen meiner Tochter, die dann furchtbar gelitten hätte, aber auch wegen Bruno, meinem lieben Hund. Außerdem habe ich in der Zeitung gelesen, wie fies dieses Mittel ist. Du stirbst ja nicht sofort, sondern verblutest innerlich und quälst dich...nein, nein, wie furchtbar.

In meinen großen Kopf arbeitet es rasend schnell. Gift... innerlich verbluten... das war doch mein Thema ... Runnar... das Eichhörnchen... die Ratte...der gute Munk!

Aufgeregt fing ich an zu bellen, sprang hin und her, konnte es nicht fassen. Der alte Herr verstand meine heftige Reaktion falsch, sprang auf und legte mir seine Arme um den Hals, versuchte mich zu beruhigen.

„Ist ja gut, Athos...ich hab´s ja nicht gemacht...dass du so feinfühlig bist. Ich wusste ja, dass Tiere klug sind... aber dass du alles gleich verstehst! Ich hab´ sie ja entsorgt... die Giftdose... ganz weit weg aus der Wohnung, damit sie niemand findet! Habe sie tief ins Gebüsch reingeworfen. Sie ist ja fort. Also beruhige dich."

Nun wurde ich noch hellhöriger: "Entsorgt..." was erzählter er da? Wohin nur?" war der nächste Gedanke. Sicher lag das Teufelszeug doch noch irgendwo im Gebüsch und bedrohte ahnungslose Zeitgenossen. Da musste ich schleunigst hin...

Ich wusste, was zu tun war! Entschlossen legte ich mich nun neben Bruno und wartete angestrengt auf Lisa.

Sie ließ sich zwar noch etwas Zeit mit ihren alten Büchern, doch endlich stand sie schwerbepackt neben mir. Natürlich hatte Herrchen recht gehabt, denn sie kam mit mehr Utensilien aus dem Laden heraus, als sie hineingebracht hatte.

Das passte mir in meinen eilig gefassten Plan aber bestens hinein. Freudig begrüßte ich sie und lief dann sehr brav nebenher. Ich zog und zerrte auf dem Heimweg nicht an der Leine, sondern fokussierte mich genauestens auf mein Ziel.

Noch einige anstrengende Minuten, dann würden wir an der ominösen Stelle ankommen, an der ich das Gift tief im Gebüsch vermutete.

Lisa war hoch erfreut über mich, ihrem treuen Hund, und konnte sich keinen Reim auf meine

Folgsamkeit machen. „Athos, dass Du so schön an der Leine gehst. Das hätte ich nicht gedacht... kommt mir sehr entgegen mit meinem vielen Zeug! Dein Herrchen wird erst mal nicht so begeistert sein. Aber ich habe super Schnäppchen einkaufen können - ein wunderschönes Fastnachtskostüm - richtig toll", plapperte sie begeistert auf mich ein.

Stoisch trottete ich brav neben ihr her. Doch in meinem Inneren war ich hoch konzentriert. Bald war es soweit...auf der rechten Seite des Weges war das dichte Unterholz... da musste ich nun rein.

Mit einem heftigen Ruck sprang ich vor und riss die verblüffte Lisa mit... hoppla... plötzlich war ich frei!

Der Plan war aufgegangen. Ich hatte es geschafft und die blöde Leine abgestreift.

Tief am Waldboden robbte ich mich nun schnell in das Gebüsch hinein, spitze Äste und kräftiges Gestrüpp bohrten sich in mein Fell – egal - ich musste diese Dose finden. Im Hintergrund hörte ich Lisas ängstlich schrille Stimme: „Hierbleiben, Athos, nein... bloß nicht da nicht hin... da ist es gefährlich! Zurück!"

Für mich gab´s kein Zurück. Nur ein Voraus. Alle meine Kräfte setzte ich auf diesen Moment. Meine wachen Augen suchten penibel jeden Fleck am Boden ab, doch ich sah nur Gestrüpp, Gerümpel, alte Plastiktüten... Nicht das, was ich suchte.

Weiter. Wie in Trance suchte ich hochkonzentriert den Boden ab. Immer noch nichts!

Schon hörte ich Lisa, die verlassene Hundemutti, beschützend hinter mir her stürzen. Hinter mir knackten Äste.

„Weg da, Athos, nein, bloß nicht… stopp! Da nicht, wer weiß ob…". ich hörte nichts mehr. Hatte nur mein Ziel im Sinn: das Gift finden!

Fast hätte mich ein zurückpeitschender Dornenzweig ins Auge getroffen, doch instinktiv konnte ich noch ausweichen. Durch diese Bewegung kam ich ins Straucheln, fiel auf den Rücken und sah über mir etwas hängen.

Eine kleine Dose, mit einem Totenkopf drauf, hatte sich nur 20 cm über meinem Hundekopf im Gebüsch verfangen. Da war sie!

Lisa raschelte hinter mir und durch das Brechen des Geästs fiel mir die Dose direkt auf den Kopf. Autsch, das schmerzte, und jetzt griff auch noch eine bestimmende und kräftige Hand nach mir und riss mich zurück.

Ich hatte mir kurzerhand noch die Dose geschnappt. Lisa zog mich fluchend wieder aus dem Gestrüpp heraus, doch ich hatte mein Ziel erreicht. Innerlich triumphierte ich.

„Aus, Athos, sofort aus!" schrie sie mich an. Aus meinem Maul fiel scheppernd die gesuchte Dose. Gemeinheit! Ich hab´ sie doch gefunden.

Ganz flink hatte Lisa die Dose an sich genommen und als wir beide uns dann wieder auf dem Weg anschauten, war sie seltsam blass um die Nase.

Ganz ungefährlich war mein Einsatz nicht gewesen, denn die Büchse war halb geöffnet und einige Köder waren wohl herausgefallen. Einen davon musste Runnar gefunden und gefressen haben

Sie packte ihre herumliegenden Taschen zusammen, legte mich an die Leine und dann sind wir direkt nach Hause gegangen. Ich glaube, Frauchen hat gezittert.

Zum Glück kamen uns schon Nachbar Heinrich und Hund Laila entgegen. Frauchen hat ihnen gleich alles erzählt und Heinrich meine gefundene Rattengiftdose unter die Nase gehalten.

Endlich hatte sich die mysteriöse Geschichte aufgeklärt!

Lisa und Nikos waren total stolz auf mich. Kein böses Wort mehr darüber, dass ich mich von der Leine losgerissen hatte. Die beiden hatten mich endlich verstanden!

Sogar eine Belohnung erhielt ich noch von den Beiden: sie spendierten mir eine große Packung Hundekekse, die ich mir selber im nahe gelegenen Zoohandel, bei der netten Verkäuferin, aussuchen durfte.

Doch die Hauptsache war, dass ab jetzt kein Tier mehr im Park am Rattengift zugrunde gehen konnte und ich meinen ersten Fall hier in Mainz gelöst hatte.

Eigentlich bin ich mit mir sehr zufrieden. Daher gönne ich mir nun eine Pause und rolle mich für ein Mittagsschläfchen gemütlich auf meiner Decke ein.

Athos: Das Geheimnis des grünen Papageis

Mainz-Bretzenheim im schönen März

Nun sind wir schon im Frühling und ich, Athos, der Hund aus Kreta, habe mich bereits prächtig im Mainzer Stadtteil Bretzenheim eingelebt. Habe schon meinen 1. Fall hier in Mainz gelöst und fühle mich insgesamt recht wohl.

Selbst die ungewohnte Leine ist nun fast vergessen, denn wenn ich erst mal in meinem Schnüffelmodus bin, dann habe ich sowieso Herrchen oder Frauchen nicht mehr auf dem Schirm. Die laufen dann in der Regel brav hinter mir her und folgen, denke ich mir jedenfalls so. Nur manchmal bremst Frauchen ab, wenn ich so in meinen aufregenden Gedanken fast vors Auto laufe. Herrje, warum die hier in Bretzenheim so schnell fahren und vor allen Dingen sooo leise…? Bei mir damals im Dorf auf Kreta habe ich die Blechdosen viel besser gehört, denn sie sind immer mit viel Gehupe und Getöse herangekommen. Egal, ich mach´ das Beste draus. Wie gesagt, die passen ja auf mich auf!

Was mir besonders gut gefällt, sind die vielen Amseln, die hier in den Gärten und im kleinen Park umherfliegen und auf dem Rasen herum hüpfen. Konzentriert beobachte ich sie, wenn sie bei Regen versuchen, aus dem feuchten Boden die

Regenwürmer zu ziehen. Mir macht Regen ja gar nichts aus, im Gegenteil, da bin ich gerne draußen. Mein Fell wird zwar nass und Frauchen meint, dass meine Schlappohren so schöne Hippie-Wellen bekommen. Na ja,... das sind halt Lisas Aussagen.

Jedenfalls gibt es für mich immer eine Menge beim Gassi-Gang zu beobachten: außer den Amseln auch noch braune Eichhörnchen, die geschickt von Ast zu Ast hüpfen. Ab und zu treffe ich auch auf einen Artgenossen zum Beschnüffeln, um die ganz Großen von ihnen mache ich aber lieber einen Bogen. Wenn ich die sehe, ziehe ich Lisa weg, in eine andere Richtung. Doch gibt es auch viele Freundschaften, die ich schon mit vielen schnüffelnd geschlossen habe.

Eben gerade kommt uns die gefleckte Dora entgegen, eine ruhige freundliche Dalmatiner - Dame, vor der ich – trotz Größenunterschied - keine Ängste habe. Die ist liebenswürdig. Schwanzwedelnd charmant, wie ich nun mal bin, begrüße ich sie. Lisa tauscht sich derweil mit Doras Frauchen aus und erfährt spannende Neuigkeiten.

„Wussten sie, Frau Achtsam, dass es gestern einen Einbruch hier in der kleinen Bank gab?", berichtet Doras Frauchen aufgeregt. „Die haben versucht den Tresor herauszusprengen, sehr dilettantisch, mitten in der Nacht gegen 3.00 Uhr. Es gab einen gehörigen Knall und die Glasscheiben sind auch herausgesprungen. Aber..., erfolgreich waren sie nicht,… der Tresor war gut in der Wand verankert. Normalerweise ist ja um diese Zeit niemand mehr auf der Straße, aber ein Frühheimkehrer hat bei der Polizei ausgesagt, dass er einen jungen Mann auf einem Mountainbike hat wegflitzen sehen."

Lisa seufzt: „Dass man auch nirgends mehr Ruhe hat und sich sicher fühlen kann. Gerade Bretzenheim ist doch eigentlich ein schöner und ruhiger Stadtteil, denke ich. Und nun das…." In der Allgemeinen Zeitung stand heute noch nichts drin. Sonst hätte ich davon ja schon was gehört…" „Nein, Frau Achtsam, der versuchte Geldraub ist ja auch erst heute Nacht passiert" bemerkt Doras Frauchen. „Ich weiß das auch nur so genau, weil ich jemanden von der Bank hier kenne."

„Oh, guter Wissensvorsprung Frau Herold. Sie sind immer auf dem neuesten Stand" zollt ihr Lisa Anerkennung und schiebt gleich neugierig die nächste Frage nach: „Gibt es denn eine vage Ahnung vom Täter - eine genauere Beschreibung zum Täter oder so was?"

„Leider nicht wirklich, die tappen da noch im Dunkeln. Doch die Spurensicherung ist schon dran. Schauen sie mal, dort!" Wir folgen ihrem ausgestreckten Zeigefinger und sehen 2 Männer in weißen Overalls in das kleine Gebäude gehen.

„Die gehen jetzt in den versiegelten Raum und nehmen Spuren", fachsimpelt meine Lisa. Na toll, selten so eine dumme Ansage gehört. Das sehe ich doch auch.

Denn in Sachen Spurensuche bin ich wahrscheinlich mindestens genauso gut wie die weißen Herren. Neugierig ziehe ich gleich an der Leine und strebe hin zum Tatort. In der Luft liegt noch immer so ein merkwürdiger Pulverduft.

Weiter komme ich aber nicht, denn Frauchen stoppt meinen Lauf. Spaßbremse! Sauerei! Gerade entwickelt sich hier wieder ein unerhört aufregendes Abenteuer und ich darf nicht mitspielen. Gemeinheit! Bin soo neugierig und will mit dabei sein... Die dumme Lisa zieht an der Leine und will weiter. Ich nicht!! Bleibe sitzen. Spielverderberin. Frust.

Plötzlich springt ein Gedankenblitz durch meinen grauen Hundealltag: Bevor Lisa es verhindern kann, habe ich direkt vor der Eingangstür der Bank meinen berühmten Hinterknicks gemacht und einen ordentlich großen Haufen hingesetzt - mit Absicht!

Lisa ist das natürlich jetzt furchtbar unangenehm und sie nestelt umständlich in ihrer Tasche nach dem schwarzen Tütchen herum. 1:0 für mich. Super, wertvolle Zeit gewonnen! Aufmerksam schaue ich mich um. Was ist denn das hier?

Ein weißes Tüchlein leuchtet unterm Gebüsch hervor und ich ziehe es zu mir. Iiiihh…wie seltsam das riecht: nach Männerschweiß, und auch nach anderen fremdartigen, süßlichen Düften, die ich nicht einordnen kann. Jedenfalls nicht lecker.

Trotzdem bin ich ganz stolz über meinen Fund und ich schnappe mir den weißen Stoff und will loshechten. Mist! Die blöde Leine im Nacken stoppt mich schon wieder aus. Lisa wird es zu anstrengend und sie wird hektisch: „Halt – Athos - was hast du denn da schon wieder. Aus - das ist Dreck - lass das liegen. Mach aus – loslassen…..!"

Nix loslassen, das hab´ ich doch eben erst gefunden, das ist wichtig und ich will es behalten. Mein Nackenfell richtet sich auf und meine 4 kurzen Beinchen stemmen sich mit Widerstand in den Boden. Sogar ein tiefes Knurren kann ich plötzlich zum Besten geben. Lisa weicht zurück. Die weißen Männer, die hochkonzentriert am Boden herum suchen, haben sich nun aufgerichtet. Aufmerksam starren sie durch die Glasscheibe: „Was hat ihr Hund denn da im Maul?" blafft nun einer hektisch und springt los in unsere Richtung. Schon ist er an mir dran und zerrt mir meine weiße Eroberung aus der Schnauze. „Gib´ mal her, Freund", sagt er dann nur. Und tatsächlich hat er ein Leckerli in der Hand.

Verdutzt stehe ich da. Mein großartiger Fund - schon wieder weggeschnappt. Doch dafür habe ich nun einen leckeren Geschmack auf der Zunge und bekomme aufmunternde Streicheleinheiten.

„Sie haben da einen sehr aufgeweckten Kerl! Der hat vielleicht gerade ein wichtiges Beweismittel gefunden. Wenn er größer wäre, würden wir ihn mitnehmen, als Polizeispürhund", sagt der eigentlich doch sehr sympathische Polizist nun zu Lisa.

„Seien sie nicht so streng mit ihm, der ist sehr clever - fast so schlau wie mein Hund. Habe ja einen eigenen Diensthund. Der ist noch auf dem Revier. Hätte ich eigentlich auch mitbringen können. Macht nichts, nun hat uns ja der Kleine hier geholfen."

„Was heißt hier `klein` denke ich und richte mich zu meiner vollen Größe und Schönheit auf. Und überhaupt, es kommt doch aufs Köpfchen an und nicht darauf, wer die dickste Schnauze hat....

Lisa hat es nun eilig und möchte zu ihrem Nikos. Wahrscheinlich erzählen, was sie wieder für spannende Abenteuer mit mir erlebt hat. Doch ich würde eigentlich gerne in der Angelegenheit weiterspüren. Habe noch den seltsamen Geruch in der Nase. Frauchen zieht aber kräftig an der Leine und so trabe ich widerwillig mit.

Wir biegen um die Ecke und ich sehe schon den Eingang unseres Hauses. Plötzlich höre ich über mir

Gezeter und Gekreische und gleich darauf macht es: Platsch.

Getroffen. Igitt, das war einer dieser grünen Krächzer, die in größeren Scharen in meinem Revier herumfliegen. Lisa betrachtet mich ungläubig und dann bricht sie in Lachen aus: „Mein Gott, Athos. Wie du ausschaust! Jetzt hat dich doch tatsächlich einer der Grünbandpapageien erwischt. Das bringt Glück!"

Von wegen Glück - eklig ist das! Eine klebrige Masse ist hinten auf meinem schönen goldenen Fell zu spüren. Schon will ich mich umdrehen und mit meiner flinken Zunge den Dreck wegmachen, so wie ich es früher auch auf Kreta gemacht habe. Damals waren es aber Tauben, die mich geärgert haben; doch Lisa hindert mich schnell und beherzt. „Lass´, Athos, das ist nicht gut, wenn du da drangehst, das mache ich dir mal eben mit dem Taschentuch grob weg."

Ich halte also still und lasse die hektische Reinigungsaktion über mich ergehen. Bin schon extrem in meiner Hundeehre gekränkt. Diese blöden Federtiere würde ich gerne mal erwischen. Leider können sie fliegen, diese frechen Dinger. Das ist mir leider nicht gegeben.

Und dann macht sich Lisa auch noch über das Missgeschick lustig. Trotzdem nehme ich mir vor, mich nicht ärgern zu lassen.

Oben in der Wohnung werde ich gleich in die verfluchte Badewanne gestellt und abgebraust. Wie ich das hasse! Selber mal in eine tiefe Pfütze hineinspringen oder mal in einen schön verschlammten Tümpel, gerne. Doch jetzt so grob festgehalten zu werden und mit irgendwelchen parfümierten Shampoos abgewaschen zu werden...Pfui Teufel! Gefällt mir überhaupt nicht. Wie ich das hasse!

Widerstrebend lasse ich die blöde Reinigungszeremonie über mich ergehen. Endlich ist Lisa mit dem Ergebnis zufrieden.

Als kleine Revanche schüttle ich mich ausgiebig, als ich sicher mit meinen vier dicken Pfoten auf dem Badeläufer stehe. „So, da hast du´s Lisa, zweifach zurück!". Und Lisa schimpft gleich los wie ein Rohrspatz. Mir egal, dafür darf sie mich dann noch mit meinem alten Hundehandtuch trockenrubbeln. So ist es gut.

Nach einem ausgiebigen Snack an meinem Futternapf und einer kurzen Begrüßung beim alten Kater trolle ich mich nun Richtung Decke. So recht passt mir der Platz nicht, denn Herrchen und Frauchen sitzen beieinander und tauschen die neuesten Nachrichten aus. Ich schnappe also meine kuschelige Decke und ziehe mit ihr durch das Wohnzimmer, um sie dann passgenau in die Nähe der beiden zu platzieren.

Hier ist es gut. Hier höre ich auch, was die beiden sich zu erzählen haben. Bestimmt geht es um meinen neuesten Fall! Da muss ich meine Schlappohren auf höchste Frequenz stellen, tu aber besser so, als ob ich schlummere.

Lisa ist gerade an der Stelle, an der ich das weiße Tuch gefunden hatte und wieder abgeben musste. Das war zwar eine ziemliche Sauerei, aber ich höre auch, wie stolz sie ist, dass ich etwas Wichtiges gefunden habe, etwas, das die Polizisten übersehen hatten.

Noch überlege ich, was für ein komischer Geruch das in dem Tüchlein gewesen sein könnte, dann bin ich irgendwie ins Hundeschlummerland versunken.

Diebstahl in Bretzenheim
Meinen Ermittlungsfall hatte ich eigentlich schon fast vergessen, als die Geschichte etwa drei Wochen später nochmals rasant an Fahrt aufnimmt.

An einem Nachmittag im schönen Wonnemonat Mai spaziere ich mit meinem Herrchen Nikos durch den Park. Überall blüht es in bunten Farben, Insekten fliegen durch die Luft und das hochgewachsene Gras geht mir nun bis unter den Bauch. Es ist so herrlich entspannend und friedlich. Gerade gehen wir an der netten Frau Sander vorbei, die mit ihrem Rollstuhl geschickt durch den Park fährt. An ihrer Seite meine Hundefreundin Kylie, die flott neben ihr herläuft.

Natürlich beschnuppern wir uns kurz und dann gehe ich mit Herrchen weiter. Herrchen hat einen Stock und den wirft er immer ein Stück voran und ich bringe ihn flink zurück. Ich gebe zu, dass ich das Spiel gar nicht so gerne spiele, aber ich mach´ mit, weil ich sehe, dass es ihm so viel Freude bereitet. Nikos guckt immer so glücklich, wenn er den Stock zurückbekommt. Tu ja einiges, um ihn bei Laune zu halten.

Plötzlich überholt uns mit Affenzahn ein junger Mann auf seinem Fahrrad. Er trägt eine Baseballkappe und wir hören, wie Frau Sander von hinten laut schimpft und ruft: „Haltet den Dieb, er hat meine Tasche geklaut!"

Gerade rauscht der seltsame Kerl an uns vorbei, doch Herrchen erfasst die Situation blitzschnell. Ich muss Euch sagen, dass ich ein überaus kluges Herrchen habe. Man sieht ihm das nicht so recht an, weil er schon etwas älter und gesetzter ausschaut. Aber der hat es faustdick hinter den Ohren und weiß genau, was man machen muss. Jedenfalls lässt Herrchen mich stehen, springt vor, und wirft geschickt den Stock dem jungen Kerl zwischen die Radspeichen. Wir sehen als Ergebnis, dass das Fahrrad ins Schlingern kommt und dann mitsamt Dieb umfällt.

Doch dieser springt gleich sportlich wieder auf, schnappt sich schnell die gestohlene Tasche, zieht sich die Baggyhose hoch, die gerade die Hälfte seiner Unterhose freigibt und springt quer über die Wiesen Richtung Unterholz.

„So halten sie doch den Kerl fest, Herr Achtsam", ruft Frau Sander nun aufgeregt hinein. Der hat ja immer noch meine Tasche!"

Herrchen läuft noch pustend hinterher, doch da hat er keine Chance. Der Dieb ist schon fast verschwunden. Immerhin haben wir das Fahrrad, doch die gestohlene Tasche ist weg.

Frau Sander ist nun mit ihrem Rollstuhl bei uns und hat Tränen der Wut in den Augen: „Herr Achtsam, machen sie was, der hat mein Geld und meine Wertsachen!"

Herrchen versucht Ruhe in die Angelegenheit zu bringen: „Den kriegen wir jetzt nicht. Der ist zu schnell. Ich ruf´ jetzt erst mal die Polizei an. Vielleicht können ihn einige Streifenwagen orten und verfolgen!"

Nur wenige Minuten später stehen doch tatsächlich zwei Polizisten neben uns und lassen sich den Sachverhalt schildern. Sie geben per Funk eine Täterbeschreibung durch und untersuchen das Fahrrad. Sie stellen fest, dass es möglicherweise aus der Neubausiedlung, Nähe Edeka Markt, gestohlen worden war.

Mir wird es bald langweilig und nachdem die Befragungen beendet sind und sich die Polizisten weiter um Frau Sander und das Fahrrad kümmern, setzen wir unseren Spaziergang fort.

Seltsamerweise habe ich plötzlich wieder diesen eigentümlichen, süßlichen Geruch in der Nase. Den kenne ich doch von irgendwoher...?! Ach ja, diesen Duft habe ich an dem weißen Tüchlein gerochen, das ich im April im Gebüsch gefunden hatte und für dessen Fund ich so gelobt worden war.

Bestimmt hat es mit diesem Handtaschendieb zu tun. Aufgeregt belle ich und versuche Herrchen meine neuesten Erkenntnisse zu erklären. Doch der versteht mich nicht. „Was bist Du denn so aufgeregt, Athos? Wir gehen jetzt erst mal weiter spazieren. Du hast noch nicht deinen Haufen gemacht und den Dieb bekommen wir jetzt auch nicht."

Nun bin ich verärgert, mich, Athos, immer wieder auf so eine blöde Sache wie Verdauung anzusprechen. Schlimm genug, dass ich nur draußen zu bestimmten Zeiten machen kann. Das würde ich lieber gerne diskret erledigen, doch Lisa und Nikos legen immer größten Wert darauf, alles mit zu bekommen und meine Hinterlassenschaften in einer Tüte einzusammeln. Na, tolles Hobby!

Dabei würde ich mit meinen Hinterpfoten am liebsten alles mit Sand abdecken, so wie ich das auf meiner griechischen Insel erledigt habe, als selbstbestimmter Hund eben.

Nun aber zurück zu meiner Geschichte: Herrchen wirft noch ein paar Mal ein Stöckchen und ich bringe ihm dieses aus reiner Gefälligkeit immer wieder zurück. Das letzte Mal geht der Wurf ins Unterholz, gleich in der Nähe der Schrebergärten am Elsterweg. Ich robbe mich also hinein ins Gebüsch und da war er wieder – dieser seltsame Geruch. Meine Schnauze stößt an eine lederne Tasche, die offen steht. Flugs schnappe ich sie mir und mit der Tasche in der Schnauze laufe ich zu Herrchen. „He, Athos, was bringst du mir denn da? Die sieht ja aus wie die gestohlene Tasche von Frau Sander. Braver Hund." Er klopft mich anerkennend. „Zeig´ mal, wo du die gefunden hast!"

Nichts lieber als das! Nun kann ich mal zeigen, wo es langgeht! Herrchen läuft mit der Tasche hinter mir her und dann sind wir gleich im Unterholz, an der besagten Fundstelle. Nikos robbt am Boden herum und findet tatsächlich noch ein, zwei Gegenstände, die er in die Handtasche tut.

Über uns gurren derweil zwei Tauben im Baum. Diese müssen recht plötzlich Reißaus nehmen, denn es schwirrt eine Schar kleiner grüner Papageien heran und lässt sich laut krächzend über uns nieder.

„Schnell wieder raus hier, sonst bekommen wir noch was auf den Kopf, Athos", witzelt Nikos. Er ist richtig energiegeladen und als ich zufällig in seine Nähe komme, bekomme ich einen kleinen elektrischen Schlag, so dass es knistert. Man, der steht richtig unter Strom!" Er ist wohl nun auch sehr stolz über die entdeckte Tasche, die eigentlich ich gefunden habe.

Wir machen uns also auf dem Heimweg. Bestimmt ist Frau Sander nach dem Schreck mit ihrem Rollstuhl schon wieder zu Hause. So ist es auch: gleich beim dritten Klingeln öffnet sich die Tür und wir werden eingelassen.

Zu Hause stellt Frau Sander beim Öffnen erleichtert fest, dass bis auf 2 Gegenstände noch alles in der Handtasche ist. Sie ist ganz gerührt, dass sie ihr Eigentum wieder hat und auch ihre Ausweise noch dabei sind.

„Der hatte es nur auf Bargeld abgesehen", fachsimpelt mein Herrchen.

Er besteht aber darauf, dass die zwei Polizisten nochmals zu Frau Sander nach Hause kommen, um nun auch noch die neuesten Erkenntnisse aufzunehmen. „Der Vollständigkeit halber", erklärt er noch der Nachbarin.

Mittlerweile können die beiden freundlichen Polizisten auch von einigen Neuigkeiten berichten: „Das Fahrrad ist tatsächlich als gestohlen gemeldet worden", informiert der eine von ihnen. Und der Handtaschendiebstahl passt da auch gut zum Täterprofil. „Beschaffungsdelikt eines Kleinkriminellen, der wollte nur Bargeld und dann nichts wie weg."

Frau Sander macht einen gefassten Eindruck: „Ehrlich gesagt, meine Herren, kann ich den Verlust der paar Euro verkraften, zum Glück sind ja meine Ausweispapiere wieder da. Doch mir fehlt noch etwas anderes, etwas viel Wertvolleres, etwas was mir persönlich ganz wichtig war: ich hatte in einem blauen Samtbeutelchen immer meinen geliebten Familienschmuck dabei: 2 alte Rubin- und Smaragd Ketten meiner Mutter und einen Goldring. Die Dinge bedeuten mir sehr viel, da hängen Gefühle und Erinnerungen daran. Das tut mir schon sehr weh, dieser Verlust!"

„Dabei kann der Dieb damit gar nicht so viel anfangen", meint mein Herrchen. „Das bringt ihm zwar einige Euro ein aber auch jede Menge unangenehmer Nachfragen. Oder er muss wirklich diesen Schmuck für einen Bruchteil des Wertes hergeben, da die Hehler Bescheid wissen."

Nun mischt sich auch einer der Polizisten in das Gespräch: „Ehrlich gesagt, Frau Sander, warum haben sie denn das Beutelchen immer mit sich herumgetragen? Dies wäre doch in einer Schublade oder einem Tresor viel besser aufgehoben gewesen, als täglich in ihrer Handtasche!"

Frau Sander schluckt, räuspert sich. Ihr ist die Angelegenheit nun etwas unangenehm. „Sie haben ja Recht, doch ich wollte stets ein paar Dinge meiner geliebten Mutter bei mir haben. Das ist halt so eine Eigenart von mir."

Bevor nun wieder Tränen rollen, wechselt der Polizist das Thema: „Okay, nun haben wir hier den Tatbestand eines Eigentumsdeliktes erfasst, eigentlich sind es ja sogar zwei Delikte, und nun müssen wir sehen, ob wir die Angelegenheit irgendwie aufklären können. Das Fahrrad wird erfreulicherweise seinen Besitzer wiedersehen. Dieser hat zum Glück das Fahrrad registrieren lassen, so dass wir es schnell zuordnen konnten. Doch mit ihrem Schmuck sehe ich schwarz, Frau Sander. Ich glaube, sie müssen den als dauerhaften Verlust verbuchen!"

Nun ist es aber doch um Frau Sander geschehen. Ihr Körper schüttelt sich, sie zückt ein Taschentuch und lässt ihren Tränen freien Lauf. „Wenn das meine Mutter mitbekäme, die würde sich im Grabe umdrehen und mit mir schimpfen!" Nun spitze ich meine Fellohren und vor meinen geistigen Hundeaugen stelle ich mir die beschriebene Szene vor: eine Frau, die sich ständig im Grab herumdreht und schimpft...! Das ist ein sehr buntes Bild - ich habe sowas noch nie gesehen!" Frauchen Lisa, die nun auch dazu kommt, tröstet das Opfer. „Grämen sie sich nicht, Frau Sander, vielleicht kommt ja am Ende noch Licht ins Dunkel und ihr Schmuck findet sich wieder!"

„So, wir gehen jetzt. Komm Athos, wir gehen nach Hause. Und wir wünschen allen nun trotz der Aufregung einen ruhigen Abend." Ich schlecke Frau Sander noch beruhigend über die Hand und sie streichelt mich. „Kluger Athos – du hast ja meine Tasche gefunden. Dafür wirst du noch ein großes Leckerli von mir erhalten. Es wird aber noch etwas dauern...!"

In der Nacht liege ich in meinem kuscheligen Körbchen noch lange wach und lasse alle Geschehnisse Revue passieren. Irgendwas stimmt nicht. Das heißt, eigentlich stimmt ganz viel nicht, doch bekomme ich noch keinen Sinn hinein. Habe noch den seltsam süßlichen Duft in der Nase, den der junge Mann an sich hatte und mir ist, als flattere noch einer dieser frechen grünen Papageien vor meiner Schnauze herum. Vorwitziger Kerl! Ich schnappe zu, doch mein Maul bleibt leer. Der Papagei krächzt melancholisch, doch ich bin schon lange eingeschlafen.

Samstagmorgen im Mai in Bretzenheim
Ich, Athos, liebe diesen Samstagmorgen! Herrchen und Frauchen müssen nicht arbeiten und einer von

ihnen macht frühmorgens einen ausführlicheren Spaziergang mit mir. Die beiden sind einfach viel entspannter als an einem Werktag!

Nach dem Gassi-Gang treten wir dann an den kleinen Bäckerwagen, der Samstag in unserer Straße wartet, und es werden Schweizer Brötchen bestellt. Die nette Bäckereiverkäuferin gibt uns Hunden auch immer ein kleines Stück Brötchen, das ich dann stolz erst mal mit mir herumtrage, bevor ich die Semmel verspeise.

Viele von uns Hunden wissen darum und ziehen ihre Herrchen immer zielgerichtet an der Leine dorthin. Manche bekommen dann auch die Brötchen in einen speziellen Sack gesteckt und tragen sie dann stolz in der Schnauze nach Hause.

Am Frühstückstisch besprechen Lisa und Nikos alles, was sie so beschäftigt. Natürlich geht es erst mal um den gestrigen Taschendiebstahl und seine Folgen, doch dann will Nikos wissen, was es eigentlich mit den grünen Papageien so auf sich hat. Diese Exoten gehörten doch gar nicht nach Rheinhessen.

Lisa gibt ihren Wissensvorsprung zum Besten: „Das stimmt, Nikos. Ursprünglich kommen diese kleinen gefiederten Freunde aus Indien. Sie wurden nach Deutschland in die Zoos gebracht um dort die Einheimischen zu erfreuen. Doch einige von ihnen sind im Rheinland mal entflogen und haben sich in der Freiheit sehr wohl gefühlt. Sie haben sich in der Nähe der wärmeren Regionen am Rhein in öffentlichen Parks niedergelassen und dort überwintert. Sie haben dort auch in Nistkästen gebrütet und sich kräftig vermehrt. Am Rhein entlang ist es ja immer ein wenig wärmer, deswegen wird da bekanntlich auch Weinbau betrieben, und da fühlten sich die Papageien so wohl, dass sie sich immer weiter vermehrten und nun über Wiesbaden auch zu uns nach Mainz gekommen sind."

Ich denke in meinem Körbchen über den frechen Papagei nach, der mir auf den Kopf gemacht hatte. Jetzt war mir alles klar – die kamen ja von Wiesbaden. Von der sogenannten "ebsch Seit". Und nun gefiel es den dummen Papageien noch besser in Mainz - nachvollziehbar.

Mir gefällt es ja hier auch viel besser als drüben im feinen Wiesbaden. Trotzdem waren meine Sympathiewerte für die Exoten nicht gestiegen; war immer noch sauer auf sie, mich, Athos, den schönsten Hund von Kreta, so zu beschmutzen.

Irgendwo fühlte ich mich von den grünen Viechern fast verfolgt. Wo ich hinkam war die grüne Papageienwelt das Thema. Obwohl meine Themen eigentlich der versuchte Bankautomatenaufbruch und der Handtaschendiebstahl waren.

Liege also so im Körbchen, während Herrchen und Frauchen frühstücken, und sinniere über die bisherigen Ergebnisse und gemachten Erfahrungen.

Stellt Euch mal vor, was Lisas Freundin Christina vor ihrer Staffelei sitzend gerade malte, als wir sie vor kurzem besuchten: Einen Schwarm grüner Papageien.

Zugegeben, die Freundin ist ja sehr kreativ und ich mag sie sehr gerne, zumal sie immer was zum Knabbern für mich hat, aber warum gerade so dumme Papageien als Motiv? Sie sollte mal lieber mich in meiner ganzen Schönheit zeichnen. Dafür würde sie sicherlich einen 1. Preis bekommen.

Doch Lisa lobte sie nun auch noch und bewunderte ihr Kunstwerk: „Mensch, Christina, die Zeichnung hast du fein hinbekommen, so schön könnte ich es bestimmt nicht treffen!" Christina ist ja vom Wesen eher bescheiden, aber sie fühlt sich doch nun bestätigt.

„In unserem VHS Kurs ´Zeichnen´ sollten wir uns ein Motiv aussuchen. Da habe ich die Papageien genommen, die haben es mir angetan", erzählt sie uns. „Die Vögel bringen Leben und Farbe in unseren Park und geben mir das Gefühl südlich und exotisch zu leben", erklärte sie.

„Unser Mainz ist eben nicht nur goldig, sondern auch bunt!" setzte mein dummes Frauchen noch bestätigend nach. Immer ging es nur um diese blöden Krächzer!

Mir reichte es nun. Ich rollte mich beleidigt zusammen, schnarchte lautstark vor mich hin und ließ die beiden weiterplappern. Wirklich was Schöneres als mich gibt es doch gar nicht!

Nordseeurlaub

Mitte Mai wurde ich dann aus meinen spannenden Recherchen in Mainz gerissen, denn Lisa und Nikos nahmen mich mit in ihren Nordseeurlaub. Sie sind nach Cuxhaven gefahren, und haben sich in Cuxland eine frische Brise um die Nasen wehen lassen. Nach anfänglichem Widerstreben gefiel es mir dort oben an der Küste sehr gut.

Wir wohnten in einem geräumigen Appartement direkt am Deich, mit schönem Blick Richtung Meer und es war toll, dass die beiden Tag und Nacht um mich herum waren. Etwas viel Besseres gibt es eigentlich nicht für mich.

Eine Erinnerung meines Lebens am Strand von Kreta lag in der Luft, nur war es hier viel windiger und auch viel kälter. Wenn ich oben auf dem Deich spazierte, hatte ich immer eine schöne Sturmfrisur und konnte manchmal nichts sehen. Doch das viele Laufen und Herumtollen an der frischen Luft entschädigte mich für vieles. Auch dafür, dass Lisa und Nikos mich nicht von der Leine nahmen.

Leider muss ich euch gestehen, dass ich ganz unruhig werde, wenn ich Hasen oder andere kleine Tiere rieche. Da habe ich dann richtig Lust zum Jagen. Dafür lasse ich alles Stehen und Sausen – und selbst Lisa mit ihren Leckerlis kann mir gestohlen bleiben. Ich will einfach hinter den kleinen Hopplern her und sie fangen. Das steckt so in mir drin.

Frauchen und Herrchen waren ganz erschrocken und haben mich gleich bei so einer Hundetrainingsstunde angemeldet und von meiner Jagdleidenschaft erzählt, diese Petzen! Dabei habe ich ja gar nichts gemacht, da die mich nicht von der Leine ließen.

Die Hundetrainerin hat dann gemeint, dass ich jetzt an der Schleppleine mit den beiden üben soll. Also, die sollen mich rufen und dann gibt es ein Leckerli.

Nun, ich habe Lisa und Nikos ab und zu den Gefallen getan, denn so konnte ich mich ja wenigstens austoben. Doch wenn ich Hasen sah, habe ich später immer wieder neugierig meinen Kopf durch die Zäune gesteckt.

In unserem Appartement hing auch ein großes, buntes Bild im Wohnzimmer. Ratet mal, was ich da zu sehen bekam: zwei Papageien in grün und rot starrten mich einträchtig an. Als ob die Viecher mich nicht schon in Mainz genug genervt hätten! Nun tauchten sie auch im Urlaub auf.

Während der Urlaubszeit lassen sich Lisa und Nikos die Allgemeine Zeitung an die Nordsee liefern. Genüsslich mach sich Herrchen morgens, nach Gassigang und leckerem Brötchen Frühstück über die Mainzer Zeitung als 'Nachtisch' her.

Ihn interessiert, was es Neues in Mainz gab.

„In Bretzenheim ist übrigens ein Papagei entflogen", berichtet Nikos. „Soll wohl ein Witz sein!" meint Lisa. „Wir haben doch genug davon!" „Aber nicht in rot, sondern in grün", kontert Nikos. „Der gesuchte Vogel hat ein rotes Federkleid und ist deutlich größer als die grünen Alexanderpapageien. Hoffentlich wird der wegen seines exotischen Aussehen nicht von denen gejagt."

Den entflogenen Papagei kann ich mir sehr gut vorstellen, denn so ein Exemplar ist ja auf dem Bild an der Wand zu sehen.

Aber mein Erkennen hat auch etwas Gutes, denn ich werde wieder an meinen Fall erinnert. Gleich bei meiner Rückkehr werde ich die Spuren wieder aufnehmen!

Auf Detektivspuren in Mainz
Gleich nach meinem Urlaub ging es in meinen Gedanken mit der Verbrecherjagd weiter. Immer wenn ich an dem kleinen Bankautomaten vorbeikam, hatte ich den süßlichen Geruch des

weißen Tuchs in der Nase, obwohl ich dieses ja gar nicht mehr besaß.

Das Leben spielte sich mehr und mehr draußen ab. Mehr Menschen liefen mit ihren Hunden durch den Park, sie blieben auch länger dort, legten sich auf Decken und picknickten oder hörten Musik. Und abends war die Luft von herrlichem Grillduft erfüllt. Wie ich das liebe. Die Rasenflächen waren voller weißer Gänseblümchen und ich tollte gerne darauf herum, warf mich oft auf den Rücken und konnte mein Hundeglück kaum fassen.

Auch Lisa und Nikos lieben nun die freie Zeit in der Natur.

Wir treffen oft auch Frau Sander, die ebenfalls den Frühsommer genießt, und mit meiner Hundefreundin Kylie vorbeirollt.

Manchmal sah ich auch einen grünen Papagei einsam auf einem Baum sitzen, was recht seltsam war, denn normalerweise tauchten die sonst nur in kleineren Schwärmen auf, also zu viert oder mehr Artgenossen. Sie kommen dann lautstark dahergeflogen. Bin ich froh, dass wir nicht so viele Bäume direkt vor dem Fenster haben. Sonst hingen die den lieben langen Tag bei uns herum und krakeelten mir die Schlappohren voll.

Aber um nochmals auf den einsamen Papagei zurück zu kommen: der tat mir irgendwie leid – so ganz allein.

Wir spazieren also weiter. Als Frau Sander mich sieht, entfährt ihr ein Seufzer: „Ach, Athos, da bist du ja mein kleiner Held! Hast mir ja die Handtasche wiedergebracht, aber meinen Schmuck habe ich nicht mehr bekommen. Dabei ist der noch viiiel wertvoller für mich…. Herr Achtsam, also wenn Sie oder ihr kluger Hund den wiederfinden würden, dann würde es eine dicke Belohnung geben… noch habe ich die Hoffnung nicht aufgegeben!" Na, ich spürte schon wie sich mein Nikos im Hintergrund aufbaute. Schließlich hatte er ja die Handtasche zurückgebracht. Aber ich, Athos, hatte sie im Gebüsch gefunden! Ehre wem Ehre gebührt!

Nun erklärt Nikos der Nachbarin fachmännisch: „Leider glaube ich, dass sie den Schmuck vergessen müssen, Frau Sander. Den hat der Dieb schon längst versilbert. Das Bargeld im Portemonnaie hat er gleich auf den Kopf gehauen und danach den Schmuck eingetauscht. Der brauchte Kleingeld. Da kann ich Ihnen wenig Hoffnung machen. Außerdem sind ja nun auch schon einige Wochen vergangen und es ist sozusagen Gras über die Sache gewachsen."

Frau Sander ist etwas betrübt und nimmt ihren weißen Hund auf den Rollstuhl. „Gut, Herr Achtsam, dann muss ich damit leben. Aber wenn Ihnen noch irgendetwas Besonderes auffällt oder Athos etwas Verdächtiges bemerkt, so verständigen Sie mich!" „Na klar, Frau Sander, wir denken an Sie", antwortet ihr Nikos. Wir setzen unseren Weg durch den Park fort, aber es passiert nichts Besonderes mehr.

Eines Abends ist es dann soweit, ich gehe mit Herrchen hinunter ins Ortszentrum. Wir laufen auf der Marienborner Straße an den frisch gelegten Schienen für die Mainzelbahn entlang, biegen dann in die Essenheimer Straße ein und gehen am Druckladen „Pretty Print" hinunter in den Ort. Beim Café Nolda im Innenhof klingelt Nikos an der Glocke und die Konditoreifachverkäuferin kommt aus dem Laden heraus. Sie steckt ihren Kopf durch die Eisklappe und nimmt die Bestellung auf: „Bitte je eine Kugel Waldmeister, Erdbeere, und Schokolade. Das Ganze mit Sahne im Becher." Herrchens Laune steigt. Er pfeift vor sich hin. Dann setzt er sich an einen der runden Hoftische und ich darf mich an seine Füße kuscheln.

Wenige Minuten später kommen noch zwei junge Männer dazu und bestellen am Nebentisch zwei Cola und zwei große Eisbecher. Sie sind um die 18 Jahre alt und einer der beiden kommt mir irgendwie bekannt vor. Ich kann diese Beobachtung zunächst nicht einordnen.

Und während ich so, geborgen zwischen Herrchens Füßen, die zwei Typen beobachte, macht es Klick in meinem Hundekopf: Das ist der fiese Typ, der Frau Sander die Tasche vom Fahrrad aus weggerissen hat! Jetzt kann ich nicht mehr an mich halten. Wütend springe ich auf, direkt auf den jungen Mann zu. Das blöde Halsband stoppt ruckartig meinen Lauf.

Herrchen schreckt auf. „Heh, Athos, was ist denn los? Niemand tut dir was. Alles friedlich hier!" Von wegen alles friedlich! Da sitzt der gesuchte Dieb direkt vor uns und Herrchen rafft das nicht. Ich beginne zu knurren.

„Das macht der sonst nicht" beginnt Herrchen sich noch zu entschuldigen und schaut dann die Männer genauer an. „Sagen Sie mal... irgendwo habe ich sie schon mal gesehen...im Park vielleicht?" Nun wird der Typ mit der Kappe unruhig, rutscht auf seinem Stuhl hin und her, steht abrupt auf und positioniert sich in seiner ganzen Größe vor meinem Herrchen. Möchte dem Kerl in den Fuß beißen, aber Herrchen hält mich an der Leine, kann also nur meine gefährlichen Zähne zeigen und knurren.

„Alter, bleib ruhig", sagt der freche Kerl zu meinem Herrchen. Unerhört! Das lässt sich Nikos auch nicht bieten. „Wissen Sie, wir rufen mal die Polizei, möchte da gerne mal was abklären…."

Bums - schon ist der Stuhl umgefallen und die beiden Männer haben es plötzlich sehr eilig. „Untersteh´ Dich, Alter, unschuldige Leute zu belästigen", ruft noch einer der beiden hastig und – schwupp - schon sind sie mit ihrem Eisbecher um die Ecke. Verschwunden. Einfach weg. Sogar ihre angefangene Cola haben sie stehen gelassen.

Ich kann mich noch gar nicht wieder beruhigen, doch Herrchen streichelt mich und flüstert mir behutsam zu: „Du bist ja viel klüger und aufmerksamer als ich, Athos, dass ich den gar nicht erkannt habe!"

Die Servierkraft ist wegen des Krachs aus der Konditorei herausgekommen und wundert sich: „Nanu, was ist denn hier los? Marvin und Tom sind schon fort? Und haben noch nicht mal ihre Cola ausgetrunken …" Sie schüttelt verwundert den Kopf. Herrchen nutzt die Situation und fragt nach. „Sie kennen die beiden jungen Männer?" „Klar", sagt die freundliche Servicekraft, „Die beiden kenne ich schon seit sie klein sind. Eigentlich ganz liebe Jungs, aber in der letzten Zeit ist der Marvin seltsam geworden. Nicht mehr so aufgeschlossen wie früher. Irgendwie hektischer, nervöser… Sie sehen ja selbst… noch nicht ausgetrunken und schon springen sie wieder auf." Herrchen hört sich den Wortschwall an, nickt mit dem Kopf und streichelt mich dabei. Das tut mir gut und ich beruhige mich allmählich wieder.

Wir gehen dann auch zurück nach Hause; erst beim Supermarktladen entlang, am Kruzifix biegen wir nach rechts ab und dann geht es immer weiter den Berg hoch.

Bei der Metzgerei Haas werden meine kurzen Beinchen langsamer, denn es duftet verheißungsvoll aus dem Laden heraus. Herrchen kauft noch ein Stück Fleischwurst. Die essen wir alle gerne; sogar mein Kater Kumpel Othello balgt sich um die begehrten Wurststücke. Die verheißungsvollen Wurstaussichten für zu Hause geben meinen kleinen Pfoten den notwendigen Schwung. Flott geht es die Hinkelsteiner Straße hoch und dann direkt durch den kleinen Park, an der IGS vorbei, hin zum Südring.

Uff, nach dem strammen Weg bin ich dann zu Hause ziemlich ausgepowert. Belohnt für meinen Spurt werde ich schnell mit der leckeren Fleischwurst. Schwupps, und schon ist sie weg. Komisch, dass die Belohnung immer so schnell geht und das Warten zuvor sooo lange dauert. So ist das oft im Leben. ich warte ewig auf ein sensationelles Ereignis, dann ist es plötzlich da und genauso schnell wieder weg.

Doch bevor ich mich aufs Philosophieren verlege, lege ich mich lieber in meine Kuschelecke. Werde nun auch so müde und schließe mal kurz die schweren Hundeaugen.

Höre noch, wie Herrchen von seinen Erlebnissen im Ort berichtet und meint, den Fahrraddieb erkannt zu haben. Lisa hört genau zu und die beiden tauschen ihre Idee dazu aus. Na, dann kann ich ja erst mal schlummern.

Erste Erkenntnisse

Einige Tage später berichtete Herrchen beim Abendbrot, dass Marvin und Tom auf der Polizeiwache gestanden hätten, dass sowohl der missglückte Bankeinbruch, als auch der Handtaschendiebstahl per Fahrrad auf ihr Konto ging.

Doch seltsamerweise lehnten sie die Verantwortung für den gestohlenen Schmuck ab. Tom gab an, er wäre nur an Bargeld interessiert gewesen; mehr hätte er auch gar nicht in der weggeworfenen Tasche gesehen.

„So recht mag ich das ja gar nicht glauben", meint Lisa, als Nikos ihr davon berichtet. „Warum hat der Tom den Schmuck übersehen? Und warum nur Bargeld?" Nikos hat eine Erklärung zur Hand: „Die Polizisten auf der Wache haben mir erklärt, dass es die Jugendlichen auf den schnellen Euro abgesehen hätten. Die brauchten das Geld um sich ihren Drogenkonsum zu finanzieren. Angeblich bereuen die jungen Männer ihre Taten und wollen alles wiedergutmachen. Sie wollen auch eine Therapie antreten und gemeinnützige Arbeiten verrichten."

„Zu schön, um wahr zu sein", brummelt Lisa vor sich hin. „Doch es würde sich lohnen einen Neustart zu machen. Vielleicht bekommen die Beiden das ja wirklich mit professioneller Unterstützung hin!"

Es gibt so viele soziale Projekte hier in Mainz, die tatkräftige Unterstützung dringend brauchen könnten. Statt seine Umgebung zu schädigen - und letztlich sich selber auch - wäre es doch schön, wenn die Jungen ihre Energien und Kräfte in die richtige Richtung brächten.

So philosophieren Herrchen und Frauchen noch eine Zeitlang, während mir nun klar war, was die ganze Zeit so komisch süßlich gerochen hat. Es waren Haschischspuren am weißen Tuch gewesen, das ich damals im Gebüsch gefunden hatte.

Die geniale Idee
Dieses Jahr ist der Sommer sehr durchwachsen. Es ist oft sehr schwül, und es regnet zu viel für die Jahreszeit. Die Landwirte beklagen Ernteausfälle. Dazwischen gibt es auch sehr heiße Tage, bis zu 35 Grad. Mensch und Tier gehen diese Wetterkapriolen ganz schön aufs Gemüt. Doch endlich gibt es mal wieder eine stabile Wetterlage. Es wird sommerlich trocken und warm.

An einem Samstag Ende Juli besuchen wir in Bretzenheim eine liebe Freundin von Lisa. Mein Glück, denn da darf ich mal endlich ohne Leine durch den großen Garten laufen. Auf dem grünen Rasen wälze ich mich vor Freude auf dem Rücken hin und her. Die Sonne brennt richtig herrlich auf mein Fell, fast ist es so wie auf Kreta, meiner Heimatinsel.

Ein kleines Malheur passiert mir dann doch. Nach meinem Bächlein im Blumenbeet will ich hinterher mit meinen Hinterpfoten aufräumen und schleudere dabei ordentlich die Erde hinter mir weg. Das mache ich immer so, denn ich möchte meine Hinterlassenschaften abdecken und alles sauber halten. Natürlich fliegt einiges an Erde und Blättern auf den Weg. Blöd nur, dass gerade gefegt wurde. Lisa ist das etwas unangenehm und sie will gleich alles wieder zusammenkehren.

Bei Lisas Freundin Annette gibt es sogar einen mächtigen Feigenbaum im Garten. Ich blicke nach oben in den Baum und entdecke dort einen kleinen grünen Papagei. Die scheinen überall in Mainz zu sein. Dieser ist recht still und schaut mich nur ernst an. Ehrlich gesagt, mir gehen die Papageien manchmal auf die Nerven und Ohren, weil sie in großer Anzahl gerne krächzen und so einen ohrenbetäubenden Lärm veranstalten können.

Lisa plaudert dann noch mit ihrer Freundin über Gott und die Welt und berichtet ihr natürlich auch von meinem aktuellen Fall. Annette findet es auch ausgesprochen seltsam, dass die Geldbörse aufgetaucht ist, nicht aber das kleine blaue Schmuckbeutelchen." Normalerweise hätte der Dieb das auch mitgenommen und zu Geld gemacht," überlegt sie. „Doch der Marvin hat ja glaubhaft versichert, dass er´s nicht war.....wo kann denn der Schmuck nur hingekommen sein?" Während also die beiden sich so ihre Gedanken machen, beobachte ich weiter den Feigenbaum. Es raschelt in den Blättern und die Zweige bewegen sich. „Na klar, da sitzt ja immer noch der grüne Papagei, und tut sich wahrscheinlich an den Feigen gütlich.

Geschickt flattert der Exot auf und trägt etwas im Schnabel davon. Lisa und Annette haben sich so an die Papageien in Bretzenheim gewöhnt, dass sie sich noch nicht mal umdrehen. Aber ich behalte die Situation unter Kontrolle.

Und plötzlich habe ich eine geniale Idee... In meinem braunen Hundekopf brennen alle Lichter gleichzeitig. Warum bin ich darauf nicht früher gekommen? So könnte es gewesen sein!! Meinen spannenden Gedanken möchte ich unbedingt bei meinem nächsten Spaziergang überprüfen! Wenn das wahr wäre, würde Herrchen große Augen machen.......... Doch zunächst muss ich meiner Vermutung erst mal nachgehen. In der Nacht konnte ich vor lauter Aufregung nur wenig schlafen.

Am Nachmittag des folgenden Tages ist es endlich soweit: Heute muss ich Herrchen zu einem bestimmten Ort lenken. Am besten so, dass er nicht merkt, dass ich heimlich das Kommando habe. Meistens gelingt mir das auch ganz gut, obwohl

Lisa und Nikos immer glauben, sie würden den Weg bestimmen.

Wir gehen also wieder mal durch den kleinen Park und passieren auch die Stelle, an der ich damals den Stock aus dem Unterholz holen sollte und die gestohlene Tasche gefunden habe. Diesmal geht mein Kopf suchend nach oben: das letzte Mal waren hier auch grüne Papageien zu sehen. Diesmal nicht. Ich vernehme, nur in einiger Entfernung ein Krächzen. Neugierig zieht es mich dorthin, doch auch die Leine zieht an mir. „Stopp, Athos, bleib hier, was willst du denn dort wieder. Lass uns weitergehen." murrt Nikos und will mich fortlocken. Doch da macht er die Rechnung ohne Athos. Ich schmeiße mich erst mal ins Gras und gebe zu verstehen, dass ich ausruhen muss. Zum Glück kommt nun auch noch eine ältere Dame mit ihrem Hirtenhund an uns vorbei und Nikos fängt ein Gespräch an. So kann ich die Lage peilen. Durch das dichte Unterholz hindurch erahne ich die Umrisse einer alten Gartenhütte. Aha, von dort kommt das Krächzen. Wahrscheinlich ist das ein Geheimversteck der Papageien. Diesen Ort will ich mir gerne mal genauer anschauen. Dazu muss ich einen Weg finden. Ich nehme also einen kurzen Stock ins Maul und bringe ihn Nikos: „Da haben sie aber einen klugen Hund, Herr Achtsam." lobt die ältere Dame mein Herrchen. „Der bringt sogar den Stock und fordert sie zum Spielen auf. Na, dann werfen sie ihn mal weit hinaus, damit ihr sportlicher Hund flitzen kann!"

Das kommt mir sehr gelegen. Herrchen klickt meine Leine ab und schon springe ich hinter dem Holz her, natürlich um gleich darauf in meine gewünschte Richtung abzudriften. Die alte Holzhütte ist mein Ziel. Klar ist, dass Herrchen bald folgen wird. Ich brauche aber einen Vorsprung um die Lage vorher zu checken. Es gelingt mir in wenigen Sprüngen durch das dichte Unterholz zu kommen und erreiche dann bald einen hohen Zaun. Direkt dahinter ist, schön von allen Seiten versteckt, eine alte verwitterte Gartenlaube zu sehen. Oben drauf, ich traue meinen Augen nicht, sitzt ein roter Papagei. Aber nicht allein, denn neben ihm kuschelt sich ein grüner an ihn. Und dann höre ich aus einem Loch in der Holzwand leises Gezwitscher und Gekrächze. Da ist bestimmt das Nest des bunten Vogelpaares. Die haben es sich, unbeobachtet vom Rest der Welt, hier ganz gemütlich eingerichtet, um in Ruhe ihre Jungen aufzuziehen.

Bald höre ich auch das trampelnde Herannahen von Herrchen. Er schimpft und poltert. „He, Athos, was soll denn das schon wieder. Immer deine Marotten. Da lässt man dich mal los und…" Er verstummt, als er das rot- grüne Pärchen erblickt.

„Was ist das denn, Athos…das ist ja der gesuchte rote Papagei von Herrn Mark, das gibt es ja nicht! Und wie ich gesehen habe, hat er Anschluss gefunden." Herrchen beobachtet nun fasziniert das bunte Treiben. „Ja, ja, da haben sie ein schönes Liebesversteck gefunden...und Nachwuchs scheint auch darin zu sein. Aber was sehe ich denn da, Athos. Da schaut ja etwas Blaues aus dem Holzverschlag heraus. Da ist etwas eingeklemmt!" Ächzend robbt sich Herrchen an die Hütte heran, richtet sich auf und klettert sogar noch an dem Zaum hoch, um sich dann der Länge nach aufzurichten und einen kleinen zerrissenen Samtbeutel herunter zu holen.

„Donnerwetter - das könnte das gesuchte Beutelchen sein! Dann hat der Junge nicht gelogen... er hat den Schmuck wirklich nicht gehabt. Der Papagei hat sich das zum Auspolstern eines Nestes geholt!" Er befühlt von außen den Inhalt. „Ich glaube, die Rubine sind auch immer noch drin, Athos. Das ist ja ein toller Fund! Komm` wir lassen die jetzt mal in Ruhe und ziehen uns zurück."

Langsam und leise versuchen wir den geordneten Rückzug anzutreten. Die ältere Dame macht ein erstauntes Gesicht, als sie uns beiden sieht: „Herr Achtsam, wie sehen Sie denn aus?" „Ja, wie soll ich denn aussehen, wenn ich versuche dem Hund eine extra Trainingseinheit anzubieten? Natürlich etwas schmutzig und verschwitzt, liebe Frau Merk!" Nick tut erbost. „Und der Athos hat alles prima verstanden!" Herrchen macht mal wieder ganz großes Kino, nur damit er bei allem eine gute Figur macht. Doch mir ist das egal. Ich bin einfach nur stolz, dass mein Instinkt richtig war und nun das blaue Samtsäckchen wieder den Weg zur wahren Besitzerin findet.

Zuhause lobt Herrchen mich ausgiebig: „Ohne dich hätten wir das Versteck und den Schmuck nie gefunden, mein kluger Athos! Wir bringen den Schmuck gleich wieder zurück zu Frau Sander. Die wird Augen machen, wenn wir ihr die Geschichte erzählen!"

Natürlich ist die Freude über den wiedergefundenen Schmuck bombastisch und ich bekomme eine dicke Umarmung und einen riesengroßen Knochen geschenkt.

Auch Frauchen lobt mich überschwänglich und meint, dass ich zur Belohnung gleich am Abend mit aufs Dorffest darf; das nennt sich hier aber ´Kerb´.

Nun ist also mein zweiter Fall erfolgreich in Mainz abgeschlossen. Obwohl ich am Anfang dachte, dass in Deutschland alles geregelt und ruhig zugeht, passieren mir doch die abenteuerlichsten Geschichten.

Nicht nur die grünen Papageien haben ein gutes Zuhause gefunden - ich auch!!! Fühle mich pudel-wohl hier – besser "stragrami-wohl", denn ich bin ja kein Pudel sondern eine Straßengrabenmischung, wie mein Herrchen immer erklärt.

Nun sind wir also im schönen Monat August und in Bretzenheim steht an jeder großen Straßenecke so ein gelbes Riesenschild. Möchte da immer gerne mein Beinchen heben, doch Lisa hält mich ab.

„Das ist doch ein offizielles Werbeschild für die Bretzenheimer Kerb, Athos! Das darfst du nicht ruinieren!" ermahnt sie mich. Was ist denn eine Kerb? überlege ich noch. Und wer spricht denn von ruinieren? Möchte doch nur meine Markierung setzten, damit alle Artgenossen wissen, dass hier mein Revier ist, mehr nicht.

Am Abend finden wir uns alle auf der Wiese ein, auf der ich sonst so gerne herumtolle. Jetzt stehen da lauter blinkende, große Wagen im Halbkreis herum und in der Mitte des Platzes sind Holzbänke mit Zelten aufgebaut.

Die Freunde von Lisa und Nikos sind auch dabei und schon fangen sie mit dem Austausch von Neuigkeiten an. Ich lege mich unter der Bank ins hohe Gras und beobachte das bunte Treiben. Wie herrlich es nach Gegrilltem duftet und nach allerlei verheißungsvollem Fressen... mir läuft in freudiger Vorahnung das Wasser im Mund zusammen. Vielleicht fällt ja was ab ...?

Doch plötzlich bekomme ich Angst. Steht da eine Frau mit Brille, Schürze und großem Hammer vor mir und schlägt heftig mit 1,2 Schlägen auf ein großes Fass ein. Das sieht gefährlich aus. Nur gut, dass ich da nicht stehe und in sicherer Deckung bin! Mein Gott, wie laut...! Ich zittere vor Schreck. Herrchen streichelt mich beruhigend von oben:" Athos, keine Angst, das ist doch nur die Ortsvorsteherin – die eröffnet das Fest."

Nun lachen alle um mich herum und seltsamerweise beginnen einige Männer zu singen. Die singen richtig laut und schön und da mach ich mit. Heulen kann ich auch sehr gut - besonders wenn der Mond am Himmel steht. Herrchen hält mir aber die Schnauze zu. „Pst, Athos, das ist doch der Männerchor von 1839, der will ohne dich singen!" So eine Frechheit: nun werde ich auch noch in meiner künstlerischen Entfaltung gebremst! Die Menschen sind doch zu seltsam. So richtig verstehen kann ich sie manchmal nicht.

Lisa ermuntert mich nun, hervorzukommen. „Schau´, Athos, da ist auch die Brezelkönigin…!" Was ist das denn schon wieder…? überlege ich noch. Brezeln kenne ich zwar und die schmecken mir, besonders, wenn sie etwas aufgeweicht und labbrig sind und ich sie im Gebüsch finde. Nur dann nimmt Frauchen sie mir gleich weg. Doch wer oder was ist eine Brezelkönigin?

Während sich nun langsam die Dämmerung über die Kerb legt, die bunten Lichterketten an dem drehenden Karussell und den Ständen zu leuchten anfangen, und die Menschen sich begeistert weiter dem Genuss des Rheinhessenweines hingeben, bemerke ich plötzlich aus den Augenwinkeln heraus, wie sich eine Wohnwagentür öffnet und zwei Männer herausstürzen.

Der eine versucht den anderen festzuhalten, dieser löst sich, stolpert weiter und fällt hin. Beim

Aufrichten erhält er eine kräftige Ohrfeige, wird festgehalten und wieder zurück in den dunklen Wagen gezogen.

Die friedlich Feiernden bekommen davon überhaupt nichts mit, doch ich kann von meiner Warte aus das Drama hochkonzentriert beobachten.

Was soll das bedeuten....?

Athos und die Mainzelbahn

Aufregung um die Mainzelbahn

Empört ließ Nikos die Allgemeine Zeitung sinken: „Verrückte Welt - jetzt haben sie von der Baustelle der Mainzelbahn wichtige Verbindungsteile geklaut! Die machen vor nichts halt!" Sichtlich aufgebracht schmiss Herrchen die Zeitung auf den Tisch. „Einfach so im laufenden Betrieb die Materialien stehlen. Das ist unverantwortlich - der Kerl gehört hinter Gitter", raunzte er. Frauchen Lisa gab sich verhalten: „Du weißt doch gar nicht, ob es ein Mann, eine Frau oder gar eine organisierte Bande war. Du vermutest ja nur aus dem Bauch heraus!" „Ach ja, du Neunmalkluge", maulte Herrchen. „Es ist jedenfalls eine große Schweinerei den Bau der Straßenbahn so zu blockieren. Gerade jetzt - kurz vor Eröffnung der neuen Trasse! Da stecken bestimmt Modernisierungsgegner dahinter!" Meine langen Zottelohren hatten genug unschöne Töne gehört. Ich mochte es nicht, wenn die beiden so miteinander redeten. Ich liebte Harmonie, eben eine entspannte Atmosphäre ohne Stress. Die war momentan hier im Wohnzimmer der beiden nicht zu spüren. Nun bin ich ja ein sehr sensibler Hund, der Frieden möchte. Also schnappte ich meine Spielzeugente und rannte mit ihr ins Bad. Dort warteten eine kuschelige Badematte und wohltuende Ruhe auf mich.

Die Zuspitzung der Diskussionen um die verflixte Mainzelbahn hatte in den letzten Wochen ganz schön an meinen Nerven gesägt. Die beiden, die sonst sehr gut miteinander klarkamen, waren sich über die Planung der besagten Trambahn stets uneinig. Und ich musste mir diese blöden Diskussionen, meistens am Wochenende am Frühstückstisch, immer wieder mit anhören.

Da Frauchen täglich mit dem Bus zur Arbeit fahren musste, hatte sie sich über Streckensperrungen, Umwege und Busausfälle geärgert. „Alles nur wegen des Baus der blöden Mainzelbahn", hatte sie oft geschimpft. „Jeden Morgen muss ich aufs Neue schauen, dass ich rechtzeitig auf der Arbeit bin! Und wahnsinnig Zeit kosten tut´s auch noch!" Herrchen dagegen meinte, dass es langfristig gesehen viel besser mit den Verkehrsanbindungen werden würde und Lisa Geduld haben solle.

Na ja, ihr könnt euch vorstellen, dass ich es als Hund, so zwischen den Streithanseln nicht leicht hatte. Ich mag´s eben am liebsten, wenn Frauchen und Herrchen ganz friedlich miteinander reden und mich, den schönsten Hund von allen, in den Mittelpunkt der Aufmerksamkeit stellen.

Das ist leider nicht immer der Fall. Schade! Während ich auf der Badematte wohlig ruhte, ging die Diskussion am Frühstückstisch munter weiter. Mit halbem Ohr hörte ich zu. „Ich glaube, die Diebe haben es auf die Verzögerung der Eröffnung abgesehen", warf Nikos sein Argument in den Raum. „Am 11. Dezember soll doch die Premierenfahrt sein." Lisa dagegen vermutete niedere Motive: „Der oder die Diebe haben die geklauten Teile irgendwo hingebracht und wollen die schnelle Kohle machen", meinte sie. „Heutzutage zahlen Händler gute Preise für Rohstoffe, Nickel, Kupfer und so", erklärte sie ernsthaft wie eine Fachfrau. Nikos lachte etwas abgeklärt: „Diese Infos hast du sicher irgendwo wieder aufgeschnappt, na, so einfach ist das auch nicht, das Diebesgut loszuwerden. Der Käufer wird schon wissen wollen, woher so eine Lieferung kommt. Sonst macht er sich ja als Hehler strafbar."

„Macht er ja auch, doch für das Risiko zahlt er auch weniger", meinte Frauchen, die gerne mal einen Krimi liest. So ging es also hin und her und viel weiter kamen die beiden mit ihren Mutmaßungen und Täterprofilen auch nicht. Einig waren sie sich aber, dass der Diebstahl möglichst bald aufgeklärt werden sollte und das Ganze eine Riesensauerei war.

Plötzlich öffnete ich die Augen, denn ein Gedankenblitz hatte mich durchzuckt: Hier war wieder meine professionelle Unterstützung gefragt! Nachdem ich, Athos, schon zwei Kriminalfälle hier im Stadtteil erfolgreich aufgeklärt hatte, wollte ich mich nicht mehr einmischen, aber dieser Fall rief nach einem guten Schnüffler, also nach mir.

Ich war eigentlich gerade froh um etwas Ruhe und mein eingefrorenes griechisches Temperament ließ mich in diesen kalten Wintertagen näher an die Heizung rücken. Doch jetzt beschloss ich heroisch, den Fall an mich zu ziehen. Die beiden Streithähne am Frühstückstisch konnten zur Lösung sicherlich nichts Sinnvolles beitragen. Da gehört eine echte Superschnuppernase her.

Gleich heute Abend werde ich mir die Sache anschauen. Das wird wieder Kraft kosten, die beiden zur Straßenbahnbaustelle zu kriegen. Oder vielleicht doch nicht? Neugierig waren sie ja auch. Vielleicht wollten sie sich selbst ein Bild von der Lage machen? Die Geschichte nahm zusehends an Fahrt auf.

Auf der Baustelle

Zum Glück war Wochenende und nun hatte ich Lisa und Nikos für mich alleine und konnte sie beide mitnehmen auf meine Spaziergänge durch Mainz Bretzenheim. Mittlerweile kennen mich schon viele Ortsansässige und sprechen mich direkt an. „Ei Gude! Da ist ja der Athos." Und dann plaudern sie mit Herrchen und Frauchen und streicheln mich dabei. So ging es natürlich mit Lisa und Nikos nur schleppend voran. Meinem Ziel, der Baustelle, kam ich nur sehr langsam näher.

Auf der anderen Straßenseite trabten lauter rot-weiß angezogenen Menschen in größeren Gruppen zur Marienborner Straße hinunter. „Was das wohl soll?" „Ach, ist heute ein Heimspiel?", fragte Lisa Nikos. Und der nickt: „Na klar, heute spielt Mainz gegen Freiburg. Das könnten die Mainzer schaffen. Bis jetzt läuft die Saison sehr gut!"

Unten an der Baustelle blieben wir stehen, aber die rot-weiß Gestreiften überquerten die Straße und gingen zielgerichtet weiter. „Nun nehmen sie verschiedene Wege, um bald übers Feld direkt zum Stadion zu kommen", sinnierte Lisa. „Ist schon toll, dass das Stadion so nah ist." „Nun lass uns aber mal schauen, was hier passiert ist." Nikos streckte die Hand zielgerichtet aus. „Da ist ja schon die Polizei und es ist abgesperrt"! Ein junger Mann in einem blauen Overall kam auf die beiden zu. „Sie können hier nicht näher ran, kein Zutritt für Neugierige! Gehen Sie bitte weiter und lassen Sie uns unsere Arbeit machen".

Lisa schaute enttäuscht und auch Nikos fühlte sich in seiner Ehre gekränkt. „Wir sind keine dummen Gaffer, sondern wir nehmen ernsthaft Anteil an den Geschehnissen in unserer Umgebung. Die Polizei sollte froh sein, wenn interessierte und aufmerksame Bürger bei der Lösung von Diebstählen helfen wollen."

Tja, meine lieben Freunde, und nun kam ich ins Spiel und rettete die Situation. Der Mann von der Polizei erkannte mich: „Ach, ist das nicht Athos, der kluge Hund, der uns damals beim Bankeinbruch geholfen hat und das Taschentuch fand?" Freundlich schaute er zu mir herunter und tätschelte meinen großen Kopf. „Na, wenn das so ist und Sie mit dem schlauen Hund hier sind, dann will ich doch auf Ihre Unterstützung setzen. Besonders auf die von Athos natürlich", erklärte er lächelnd.

„Haben Sie denn schon eine heiße Spur?", erkundigte sich Lisa. „Und was genau ist denn überhaupt weggekommen?" setzte Herrchen nach. „Mmh...mehr als in der Zeitung steht, möchte ich eigentlich auch nicht sagen, doch wir haben hier im abgesperrten Bereich sehr breite Reifenabdrücke gefunden. Könnte von einem SUV sein. Jedenfalls war der Wagen schwer beladen. Eine große Schweinerei, so kurz vorm Start der Tram. Das wird den ganzen Zeitplan sprengen!"

Neben uns tauchte noch ein weiterer Bretzenheimer auf. Der durfte unter dem Absperrband durch. „Ei, Gude, Volker. Komm her." Erklärend setzte der Ermittler nach: „Ein ehemaliger Kollege." Dieser streichelte mich im Vorbeigehen.

Doch ich war ganz konzentriert. Hatte meine Schlappohren die ganze Zeit aufmerksam aufgestellt, wollte mir kein Detail entgehen lassen.

Ohne professionelle Unterstützung würden die sowieso nicht weiterkommen. Plötzlich hatte ich eine seltsame Ahnung und zeitgleich einen ranzigen Duft in der Nase. Da gab es kein Halten. Unter dem Absperrband robbte ich kurzerhand hindurch, sprang dann mit einem Satz über den nächsten Sandhaufen und fort war ich.

„Mist - Athos, stehen bleiben! Warum hast du ihn denn nicht fest an der Leine?", hörte ich noch Nikos wettern. „Jetzt haben wir den Salat. Los, Athos – herkommen!" Natürlich hörte ich den ungeduldigen und ärgerlichen Kommandoton von Herrchen, dennoch war mein Jagdtrieb stärker. Ich musste unbedingt diesem seltsamen Geruch nachgehen. Schon war ich 10,15 Meter von den beiden entfernt und gleich hatte ich das angrenzende Gebüsch erreicht. Dort musste es sein! Etwas silbrig Glänzendes an einem braunen Band lag im schlammigen Boden. Ich nahm den Fund in die Schnauze und wollte schon ganz stolz zurückspringen, als ich spürte, dass meine Beine keinen festen Halt mehr unter den Füßen hatten. Was war das? Überall Wasser um mich herum! Panik stieg in mir auf und ich fing heftig an mit allen vier Pfoten zu rudern.

Bloß nicht untergehen, und bloß die Schnauze zulassen, denn sonst ist mein Fund weg. Bellen ging auch nicht. Also jaulte ich zwischen meinen scharfen Zähnen durch, so gut es ging. Hoffentlich hörten sie mich. Es war zum Verzweifeln. Beeilung!

Das Wasser war eklig kalt und unangenehm. Verzweifelt planschte und schaufelte ich auf der Stelle. Oben bleiben!! Bloß nicht untergehen! Weiterstrampeln. Alle meine Energie setzte ich frei und schnaufte heftig. Viel Kraft hatte ich nicht mehr. Alles kam mir wie eine Ewigkeit vor, doch plötzlich hörte ich Lisa ganz dicht in meiner Nähe. Eine Riesenwelle überrollte mich, mir wurde schwarz vor Augen; Wasser drang in meine Schnauze. Doch gleich darauf zogen mich starke Kräfte empor. Luft - Luft!

Auf Lisas Armen fand ich mich auf dem Rücken liegend wieder. Schnell umdrehen und schütteln. „Iiihh – Athos, du kleines Schweinchen. Jetzt bin ich auch so nass wie du!" Heftig musste ich husten und keuchen. Wasser lief mir aus der Schnauze. Herrchen und der Ermittler von der Polizei kamen nun angerannt und nahmen fürsorglich Anteil. „Armer Kerl - der muss in eine tiefe Pfütze geplumpst sein!" stellte der Beamte fest. „Irgendjemand hat da ein tiefes Loch gegraben und gestern Abend ist es von dem heftigen Regen wohl zugelaufen". Ich sprang von Lisa´s Armen herunter. Frechheit, fast wäre ich ertrunken und nun machen die sich lustig darüber, dass ich in eine sogenannte Pfütze gefallen sei. Dabei war es ja fast so groß wie ein See. Und geplumpst bin ich auch nicht, so flink und gewandt wie ich nun mal bin, sprinte ich überall pfeilschnell dahin.

„Seht mal, was der Hund noch in der Schnauze hält", hörte ich Nikos rufen. „Mach` mal auf, Athos!" So richtig mochte ich nicht, aber auch der Herr von der Polizei setze nach. „Komm, mach mal auf, Athos, es gibt auch ein Leckerli!" Bei diesem Zauberwort mach ich ja fast alles und natürlich ließ ich gleich los.

Nikos zog mir den Gegenstand aus der Schnauze, für den ich ins Gebüsch und dann ins Wasser gerutscht war. „Seht her, ein Schlüssel mit einer kleinen Tasche dran. Wo der nur herkommt?" „Vielleicht haben die Täter den ja fallen lassen?" konstatierte Lisa. „Hier sind ja so tiefe Reifenspuren…vielleicht mussten die den Wagen rausschieben aus dem Schlamm…und dabei ist es passiert! Was ist überhaupt im Schlüsselbund drin?", fragte Lisa neugierig weiter. „Machen Sie mal auf! Da steht ja eine Werbung von Wiesbaden drauf - na, das passt ja!" Weiter kam sie nicht. „Schluss jetzt!" rief der Beamte ungeduldig. „Nun reicht es, alles Mutmaßungen ins Blaue hinein! Sie trampeln mir hier alle erkenntnisdienlichen Spuren kaputt und stellen Behauptungen auf, die nicht haltbar sind. Ich erinnere daran, dass Ihr Hund unerlaubterweise auf die abgesperrte Tatortfläche gerannt ist!" „Und auch was Wichtiges gefunden hat!" ergänzte Nikos vorwitzig. „Außerdem bekommt der Hund noch ein versprochenes Leckerli." Herrchen konnte recht keck werden. Das sah man ihm so nicht an, doch hatte er es faustdick hinter den Ohren, also *mein* Herrchen.

Der Ermittler nickte geschlagen. Gegen dieses infernale Trio kam er nicht an. Also ging er ergeben voran und führte sie wieder aus der Baustelle. Er hob das rot-weiße Absperrband an und alle schlupften unter ihm hindurch.

„So, am Auto bekommt Ihr Athos noch die versprochene Belohnung und dann gehen Sie mal schnell mit ihm nach Hause. Ich mach hier alleine weiter. Es ist nasskalt und neblig wird´s auch. Sonst holt sich der Hund noch einen Schnupfen!"

Lisa war empört: „Das weiß ich selber. Natürlich gehen wir ganz schnell nach Hause und Athos wird noch mal warm abgeduscht. Danach wartet ein kuscheliges Körbchen auf ihn. Wer weiß, ob Sie das alles so gefunden hätten...so ohne Athos!" Sie drückte mich noch enger an sich heran und ich spürte jetzt die unangenehme Nässe deutlich auf meiner Haut. Ich zitterte vor Kälte und Aufregung. Selbst das versprochene Leckerli musste Nikos erst mal für mich einstecken. Irgendwie war mir übel und ich fühlte mich auch schlapp. Zum Glück reichte Volker uns noch ein altes Handtuch, mit dem Lisa mich etwas abrubbeln konnte.

Bloß nach Hause! Mir reichte es. Hatte die Schnauze voll vom aufregenden Gassi Gang. Ehrlich gesagt hatte ich nämlich schon einmal in meinem Hundeleben böse Erfahrung mit Wasser gemacht. Auf meiner griechischen Insel bin ich mal als Welpe von einer Brücke ins kalte Meerwasser gefallen und hätte der Fischer Jannis mich nicht im Vorübergehen entdeckt und an Land gezogen, wäre ich gar nicht mehr auf der Welt. Wasser kann sehr gefährlich werden, wenn man nicht richtig schwimmen kann. Also, ich rate euch schwimmen zu lernen, wenn ihr es nicht schon könnt! Als erwachsener Hund kann ich es ja, zumindest gut genug um mich eine Zeit lang über Wasser zu halten.

So schweiften meine Gedanken also zurück in mein früheres Leben, während Lisa mich triefnass auf ihren Armen nach Hause trug. Sie schnaufte ordentlich über meine 11 kg Lebendgewicht. Doch eine "Hundemutter" kann einiges an Energie aufbieten, wenn es um ihr "Kind" geht. Das rechne ich ihr hoch an! Endlich sind wir zu Hause.

Nikos stellte mich gleich in die Wanne und brauste mich mit warmem Wasser ab. Und ein wenig Shampoo verwendete er auch. Immerhin war es hier in der Wohnung angenehm temperiert. Sogar den lauten Föhn ließ ich noch über mich ergehen, schließlich fühlte sich der Luftstrom angenehm an. Frauchen setzte mich danach in mein Hundebett und im Vorbeitragen schnappte ich mir noch schnell meine kleine Spielzeugente. Die brauchte ich nach all der Aufregung. Endlich erhielt ich auch noch das Leckerli, das der Kriminalbeamte Nikos für mich mitgegeben hatte. Das schmeckte schon herrlich! Seelig rollte ich mich ein und war fast schon weg. Da hörte ich noch, wie Herrchen das Ergebnis verkündete: „Super, wir haben gewonnen. Mainz 05 hat gegen Freiburg 4:2 gewonnen! Die Mainzer sind jetzt auf dem elften Platz. Das ist ein idealer Platz für einen Karnevalsverein!" „Jetzt werden die Fans glücklich im Weyerhof einkehren und ordentlich feiern", hörte ich Frauchen noch sagen. Dann war ich eingeschlafen.

Chefsache

Am Montag hatte ich die ganze peinliche Aufregung um mein Pfützenbad schon wieder vergessen und war froh, dass ich beim Spaziergang alle meine Hundefreunde traf: die kleine Kyra aus Santorini, die wegen der Kälte einen neckischen Pullover trug, der kleine Pablo, der in Spanien aus einem Mülleimer gerettet wurde und auch dem langbeinigen Fips, der wie ein Kojote heulen kann. Wenn ich die sehe, freue ich mich immer. Herrchen hatte *sein* Thema, über das er mit den anderen Frauchen und Herrchen sprach. Es ging natürlich um die Mainzelbahn und den Diebstahl. Das war ja eigentlich mein Fall, doch momentan mochte ich nichts mehr davon hören und überließ das alles Nikos. Ich hörte aber so nebenbei doch zu, welche

Mutmaßungen Herrchen zum Besten gab - auch wenn es gar nicht jeder wissen wollte. Nun ja.

Den November mag ich eigentlich nicht gerne. Morgens früh ist es beim Gassi Gang noch recht dunkel und ungemütlich und wenn Frauchen am Abend mit mir ein letztes Mal geht, ist es auch schon wieder dunkel und ungemütlich. Ehrlich gesagt sehe ich zu, dass ich dann auch mein Geschäft schnell erledige um bald wieder nach Hause zu können.

Ein weiteres wichtiges Thema ist nun die Fastnacht, die am 11.11. um 11.11 in Mainz beginnt. An diesem Tag sieht man große und kleine Leute in bunter Verkleidung auf den Straßen. Da werden aus pflichtbewussten Erwachsenen plötzlich bunte Clowns, lässige Cowboys oder auch fromme Klosterbrüder. „Ich weiß gar nicht, als was ich in dieser Kampagne gehen soll", jammerte Lisa am Abendtisch. „Wir wollen in dieser Kampagne doch zu der Jakobinersitzung. Die haben 44jähriges Jubiläum und feiern in der TSG Halle. Maus und Cowgirl war ich schon, auch Matrosin und die Clementine von Ariel. Es muss noch was Neues her. Vielleicht gehe ich diesmal als Flower-Power Mädchen."

„Ach du meine Hundeschnauze, wie kann denn Fastnacht zu so einer ernsten Sache werden?", dachte ich in meinem Hundekopf. Doch auch Herrchen konterte ernsthaft: „Ich geh´ diesmal als

Erdbeere, habe bei Real ein schönes Kostüm sehr preiswert erworben, es kleidet mich ungemein!" Also, Herrchen macht diesen Quatsch auch mit. Hatte doch so auf ihn gezählt. Erinnerungen an die Fastnacht im Altersheim werden wach. Da habe ich euch schon von erzählt.

Eine Erdbeere - ich bitte euch! So was frisst man auf, aber man zieht sich doch nicht als solche an. Die spinnen manchmal ganz schön, diese Mainzer. Sich als Früchtchen zu verkleiden!! Bei Fastnachtsthemen werden die auf einmal sehr eigen. Fast schon ernst.

So wurden also die nächsten beiden Hauptthemen beim Gassi Gang die "Fassenacht" und mein neuester Fall zur "Mainzelbahn". Sollten Herrchen und Frauchen doch mit ihren Vermutungen nur so ins Blaue plappern – ich jedenfalls würde weiterhin selbstständig meinen Recherchen und Überlegungen nachgehen.

Mein Fund, dieser Schlüssel mit dem braunen Anhänger, ging mir nicht aus dem Kopf. Zumal ich dessen seltsamen Geruch noch immer in den letzten Winkeln meiner Schnuppersupernase trug.

Am letzten Sonntag im November war schon Erster Advent und Herrchen und Frauchen hatten Besuch aus China. Der junge Mann hieß Li und war sehr aufgeweckt. Dem interessierten Studenten wollten sie neben einer schönen deutschen Kaffee- und

Kuchentafel etwas bieten und so nahmen sie ihn mit in unseren alten Ortskern. Dort sollte der kleine Weihnachtsmarkt des Gewerbevereins eröffnet werden. Es war schon ganz schön frisch draußen und alle hatten sich warm angezogen. Wir spazierten an der evangelischen Phillipusgemeinde hinunter Richtung Zentrum und kamen bald an den alten Backsteinhäusern vorbei, die für Bretzenheim so typisch sind. Weiter ging es die Albert- Stohr -Straße hinunter. Unten an der Post bogen wir nach links ab. Bald standen wir vor idyllischer Kulisse: Vor uns das Rathaus und oben auf dem Berg thronte die St. Georg Kirche. Die frische Winterluft war erfüllt von weihnachtlichem Gebäck- und Zuckerwatteduft. Lisa beschrieb dem Gast aus China nun alle Besonderheiten unseres alten Stadtteils. Auch Herrchen war sehr stolz auf das Bretzenheimer Kleinod.

Das alte Rathaus mit seinem schönen braunen Fachwerk wurde nun dem Gast aus dem fernen Osten erklärt. „Das Gebäude ist schon über 600 Jahren alt und noch immer wird es genutzt. Die Ortsverwaltung ist darin untergebracht und manchmal gibt es auch tolle Kunstausstellungen und Vernissagen. Außerdem sind hier schon vor über 2000 Jahren die Römer gewesen!" Ich sah, wie der Student große Augen bekam: „Was, bei euch waren auch die Römer?" fragte er ungläubig. „Richtig, und nicht nur das! Bretzenheim hat auch schaurige Weltgeschichte geschrieben, denn der Sage nach haben hier römische Soldaten ihren Kaiser Alexander Severus ermordet. Jedenfalls gibt es hier oben so eine Erklärung an der Mauer." Frauchen deutete auf ein Schild. „Tatsächlich, da steht es" staunte der Student.

„Nun gehen wir aber mal hoch zum Weihnachtsmarkt, gleich findet die offizielle Eröffnung statt." Munter sprang ich die Steinstufen gen Weihnachtsmarkt hoch. Am Anfang machte es noch Spaß, doch dann wurde es mit meinen kurzen Beinen schon anstrengender. Zwischendurch musste ich stoppen, denn jede Menge kleine und große Bretzenheimer standen auf den Stufen und unterhielten sich. Man hatte Zeit, schließlich war Feiertag.

Endlich waren wir oben angelangt. Es kam Unruhe und dann Aufmerksamkeit in die Reihen der Besucher. Ein Mann in einem dicken Wintermantel trat auf der kleinen Bühne ans Mikrofon. Die Eröffnungsrede wurde gehalten. Der gut gelaunte Moderator stellte alle Ehrengäste vor, sogar der Mainzer Oberbürgermeister und die Brezelkönigin waren anwesend.

Erstaunlicherweise hatte ich nun kretische Düfte in der Nase: Es roch nach Schafen. Wo kamen die denn her? Doch gleich fand ich die Erklärung: Die Schafe waren in einem kleinen Stall an der großen Eiche untergebracht.

Ansonsten duftete es auf dem winzigen Markt unterhalb St. Georg herrlich nach Glühwein und heißen Mandeln.

Während meine Begleiter noch aufmerksam den Worten lauschten, hatte ich schon wieder einen seltsamen Duft in der Schnauze. „Richtig, hier riecht es so seltsam ranzig, gerade so wie mein seltsamer Schlüsselbundfund von der Baustelle. Vor mir hatte sich ein kräftiger junger Mann aufgebaut, der mir mit seinen schweren Stiefeln fast auf die Pfoten trat. Er zog wichtigtuerisch an seiner Zigarette und unterhielt sich lautstark während der Ansprache mit seinem Kumpel. Anscheinend wollten die beiden gar nicht die Rede hören, sondern sich nur treffen und mich ärgern. Ich hörte noch, wie der eine dem anderen verschwörerisch zuraunte: „Heute geht's weiter, wir treffen uns wieder oben am Friedhof." Dann trat der unsympathische Typ die Zigarette aus. Dabei hatte ein überraschender Funkenflug mein goldenes Fell erwischt und angebrannt. „Passen Sie doch auf!", herrschte Lisa ihn an. „Sie verletzen mit Ihrer blöden Zigarette noch meinen Hund!" schimpfte sie. „Ach, halten Sie doch den Mund", blaffte der freche Kerl zurück. „Lassen Sie Ihren Köter doch zu Hause. Der hat hier gar nichts auf dem Weihnachtsmarkt verloren!" Der Typ zog seinen Kumpel mit nach hinten. Ich hörte noch, wie der andere fragend rief: „Geht's erst mal nach Wiesbaden zurück?"

So, ihr könnt euch denken, dass diese unfreundlichen Zeitgenossen bei mir total verschissen hatten. Die beiden mochte ich nicht und sie waren in meinem großen Hundehinterkopf als „sehr böse" abgespeichert.

Währenddessen hatten Herrchen und der chinesische Student Li von dem Zwischenfall nichts mitbekommen, denn sie prosteten sich mit ihren Glühweingläsern lachend zu. Zum Glück hatte Lisa mir beigestanden und auch alles richtig erfasst.

Anschließend schlenderten wir noch von Stand zu Stand und bewunderten die schönen Geschenkideen und bunten Waren. Die Landfrauen gingen herum und verkauften für einen guten Zweck eigenes Backwerk in Tüten. Zwei Packungen davon wanderten in unseren Rucksack. Sogar den netten Volker von der Baustelle trafen wir dort. Er schüttelte Nikos erfreut die Hand und gab ihm gleich ein Kärtchen an die Hand, bevor es weiterging. Lisa fragte neugierig nach, was er da erhalten habe. „Ach, der Volker arbeitet jetzt bei einer Versicherung. Wir brauchen doch noch eine für den Hund. Ich kann jederzeit bei ihm vorbeikommen. Gerade bei der Mainzelbahnbaustelle haben wir ja gesehen, wie schnell etwas passieren kann."

Nun sollte also ich, Athos, den Schlamassel verursacht haben! So ein Quatsch! Lisa setzte in meinem Sinne nach: „Wir brauchen eine

Versicherung gegen Überversicherung. So nett dieser Volker auch sein mag. Ich werde auf jeden Fall erst mal Versicherungsvergleiche im Internet bei Stiftung Warentest machen, bevor ich was Neues abschließe." Dann wandte Lisa sich einem anderen Thema zu.

„Lasst uns mal bei der alten Frau Becker vorbeischauen", meinte Lisa. „Möchte mal sehen, wie es ihr geht. Sie kann nicht so richtig laufen. Bringen wir ihr eine Kekstüte vom Weihnachtsmarkt vorbei."

Der chinesische Gast wünschte sich noch ein stimmungsvolles Foto mit der Kirche und dem Fest im Hintergrund. Natürlich sollte auch ich, Athos, mit auf das Foto. Frauchen hob mich hoch und bemerkte noch, dass ich ja sonst mit meinen kurzen Beinen nicht auf das Bild käme. Das war natürlich eine hundsgemeine Frechheit. Zwar war ich wegen Lisas Bemerkung schwer beleidigt, doch ließ ich mir das nicht anmerken. Eine freundliche Weihnachtsmarktbesucherin knipste uns Vier und bemerkte noch, dass im Hintergrund zwar gerade Personen über den Rasen liefen, aber sonst das Bild mit uns und der Kirche schön sei. Sekunden später wurde das Foto per WhatsApp nach China gesandt.

„So, nun sind wir auch im Reich der Mitte angekommen", bemerkte Nikos trocken. „Jetzt aber los, auf zu Frau Becker! Die hat bestimmt einen guten Kaffee für uns." Wir wanderten gemütlich weiter durch die Straße "An der Wied", um dann an der Ecke beim Bäcker Schroer in die Martin - Kirchner – Straße abzubiegen. Wenige Minuten später hatten wir das Anwesen von Frau Becker erreicht.

Freundlich wurde die bunte Gruppe empfangen und schon nach kurzer Zeit standen herrlich duftende Tassen Kaffee für alle auf dem Tisch. Die alte Dame konnte zwar nicht mehr so gut laufen, dafür hatte sie als gebürtige Bretzenumerin ein ausgezeichnetes Gedächtnis. Wenn man Fragen über Alt-Bretzenheim hatte, da kannte sie viele alte Anekdoten. So konnte sie berichten, dass sie als Kind noch in den Schulferien ihren Eltern auf dem Acker geholfen hatte. Überhaupt war Bretzenheim ein altes Bauerndorf gewesen, das erst 1930 von der Stadt Mainz eingemeindet wurde. Sogar Weinbau wurde früher in Bretzenheim betrieben. Das aber ist alles Vergangenheit. Obwohl es auch heute wieder einen Weinberg gibt, der von einem engagierten Jungwinzer neu bepflanzt wird. „Schaut Euch den Weinberg mal im Frühjahr an!" meinte Frau Becker. „Ihr findet ihn auf der rechten Straßenseite hin zum Lerchenberg, hinter der Autobahn." Sie fuhr fort: „Die Gegend rund um den heutigen Ostergraben herum war früher grün; es gab viele Gärtnereien, die die Stadtbewohner mit Obst und Gemüse versorgten. Oben bei der AWO und dem Sportplatz lag ein großes

Spargelfeld. Auch Pferde gab es ganz in der Nähe auf einer Koppel."

Zum Bauvorhaben der Mainzelbahn konnte sie auch ihre Erfahrungen beisteuern: „Ich finde die "Elektrisch" gut und bin schon als Kind damit gefahren. Trambahnfahren war mir immer sehr vertraut. Wir Bretzenheimer hatten ja die Linie 52, unten an der Bahnstraße."

Ab Ende der 50er Jahre gab es dann einen neuen Trend: das Straßenbahnnetz in Mainz wurde zunehmend durch Busse ersetzt. Das fanden wir damals richtig, denn die Busse fanden wir viel moderner als die behäbige Straßenbahn. Sie fuhr auf vorgegebenen Gleisen immer recht unbeweglich hin und her. Dann gab es in den 90er Jahren wieder einen Umkehrtrend. Als die Stadtväter jetzt mit dem Gedanken eines ausgebauten Straßenbahnnetzes kamen, fand ich die neuen Pläne zunächst verrückt, eher wie einen technischen Rückschritt. Dann las ich, dass Straßenbahnfahren umweltschonend sein soll. Außerdem werden Busse eingespart. Straßenbahnen sollen eine längere Lebensdauer als Busse haben. Jetzt kommt also die Mainzelbahn!"

Lisa, die sich bis jetzt zurückgehalten hatte, begehrte nun auf: „Dafür haben die Planer recht rabiat den schönen Grünstreifen abholzen lassen und bestimmt wird die Straßenbahn auch recht laut werden", behauptete sie. „Man befürchtet eine Rumpelbahn!" Nikos beschwichtigte: „So schlimm wird es bestimmt nicht. Außerdem sind die Planungen doch schon ewig auf dem Tisch und die Anwohner wussten, dass es irgendwann mal zur Umsetzung kommen soll. Nun ist es eben soweit."

Ihr könnt Euch vorstellen, dass mir als Hund allmählich langweilig wurde. Ewig diskutierten die beiden hin und her und es kam ja nichts dabei heraus.

Zum Glück entschlossen sie sich nun mit mir und dem Gast Li weiterzugehen. Ich, Athos, konnte es kaum erwarten, draußen an den Büschen zu schnüffeln und meine Markierungen zu setzen. Schließlich roch es in der fremden Umgebung nach Artgenossen, die ich nicht kannte.

Wir sind also oben bei der Martin – Kirchner - Straße langelaufen und haben viele Fußballer auf dem Sportplatz trainieren sehen. Aus dem Gasthaus "Leiterchen" duftete es herrlich und vertraut nach gebratenem Fleisch und Pommes Frites. Schon zog ich Lisa an der Leine Richtung Eingang. In meiner Heimat Kreta hatte ich oft Pommes auf der Straße gefunden und schnell gefuttert, bevor ein vorwitziger Hundekumpel sie mir wegschnappte.

Heute wurde nichts daraus. Die Drei wollten noch zur Hildegard-von-Bingen-Straße, um sich "die schönen neuen Häuser anzuschauen", wie Lisa meinte. „Puh, war das langweilig!" Doch immerhin war ich an der frischen Luft und konnte schnuppern, markieren und damit mein Revier erweitern.

Herrchen und der chinesische Student fachsimpelten dabei immer wieder über den Bau der Mainzelbahn. Die Gleise waren dort auch schon verlegt worden, und es lag noch gelber Sand herum; streckenweise war die Straße abgesperrt und ähnelte eher einer großen Baustelle. „Da hinten am Friedhof geht die Mainzelbahn links in die Kurve, am Wertstoffhof vorbei und dann übers freie Feld Richtung Coface-Arena und dann ab in die Stadt." erklärte Nikos dem Gast. „Das heißt doch jetzt "Opel-Arena", gab Lisa ihren Senf dazu. „Die haben den Sponsor gewechselt." „Ist doch egal", murrte Nikos. „Jedenfalls wird die Mainzelbahn schneller als der Bus in der Stadt sein, obwohl sie eine weitere Strecke fahren muss. Die Bahn soll flott unterwegs sein!"

Flott war meinetwegen die Mainzelbahn, doch die drei hinter mir trödelten sich was zusammen. Ich war, wie immer, schon einen Meter voraus und hatte auf der Höhe des Friedhofs gerade eine seltsame Beobachtung durch den Gitterzaun gemacht: das war doch der ungehobelte Kerl vom Weihnachtsmarkt! Mein Nackenhaar sträubte sich. Er hielt einen größeren, länglichen Gegenstand in beiden Händen, den er blitzschnell hinter einem großen Grabmal verschwinden ließ. „Der versteckt etwas", ging es mir sofort durch den Kopf. „Da stimmt was nicht." Durch den Zaun verfolgte ich seine weiteren Bewegungen. Er lief nun zum Eingang des Friedhofs, wo sein Moped stand. Mit Schwung sprang er auf und brauste, ohne nach links oder rechts zu schauen, mit lautem Knattern davon.

Jetzt war meine Stunde gekommen! Ich stürmte voran und zog Frauchen hinter mir her. Mit gefletschten Zähnen stürzte ich voran, noch den üblen Geruch des jungen Mannes in der Schnauze. Der war zwar weg, doch dort musste ja noch was sein.

Grimmig entschlossen stand ich nun vor dem Grab und zog kräftig eine grüne Metallzange mit langem Griff hervor. „Donnerwetter, Athos, was hast du denn da herausgezogen?" japste Lisa. „Das passt ja gar nicht auf den Friedhof. Was ist denn das?" Sie hatte zum Glück auch erfasst, dass der unsympathische Typ gerade an uns vorbeigebraust war. „Der hat vorhin unserem Athos fast das Fell verbrannt, der Knilch!" ereiferte sie sich. „Und nun hat er was versteckt. Ich hab´s auch gesehen! Darum habe ich den Athos laufen lassen," setzte sie noch erklärend nach. Nikos und der Student betrachteten die Zange. „Die ist bestimmt von der Baustelle", sinnierte Nikos. Währenddessen hatte der schlaue Student das Blattwerk hinter dem Versteck zur Seite geräumt und machte eine erstaunliche Entdeckung: „Schaut mal, auf was Athos gestoßen ist: hier ist ein tiefes Loch, eine richtige Sammelstelle!" Herrchen und Frauchen stecken neugierig Ihre Köpfe hinein und waren ganz aufgeregt: „Mensch, das ist bestimmt alles zusammengeklaut. Das hier ist ein heimliches Lager. Seht mal: lauter Kabelteile. Die gehören bestimmt alle auf die Baustelle!" Während ich noch in meinem Hundekopf überlegte, warum der Dieb so langweilige Kabel und keine Knochen oder Würstchen klaute, kam von Nikos schon die Antwort: „In den Kabeln müssen wertvolle Metallteile sein, eventuell Kupfer, sonst würden die das nicht machen!" überlegte er.

Lisa hatte mehr Angst um mich und zog mich von meiner Fundstelle weg. „Athos, pass´ lieber auf, dass Du da nicht reinfliegst. Einmal reicht!" Das war eine Frechheit von ihr, mich im Moment meines höchsten Triumphes an den peinlichen Pfützenplumpser zu erinnern. Glücklicherweise rettete Gast Li die Situation: „Ohne Athos wären wir gar nicht auf diesen Fund gestoßen!" Stimmt genau, dachte ich mir. Endlich sieht einer meine außergewöhnliche Leistung. Nikos deckte schnell die Fundstelle mit Tannengrün ab. Wir lassen alles so verdeckt, wie wir es gefunden haben. Die Diebe kommen bestimmt wieder. Wir informieren die Polizei."

Als wir aus dem Friedhof hinaustraten, trafen wir auf einen älteren Mann, der drohend seinen hageren

Finger auf mich richtete. „Hunde haben hier nichts verloren. Die Pietät des Ortes muss gewahrt bleiben!" Lisa beruhigte ihn: „Er ist ja an der Leine und wir wollten mal eben nur Blumen auf das Grab legen." Flunkern konnte sie auch, die Lisa. Aber diesmal für einen guten Zweck.

Athos in Mission

Der Weg nach Hause zog sich ewig lang hin. Meine Beine waren doch irgendwie recht kurz und die Pfoten taten weg. So einen langen Gassi Gang hatte ich schon lange nicht mehr gemacht. Aber spannend war´s gewesen!

Doch es war noch nicht genug, denn an der Ecke Marienborner Straße/Südring sah ich plötzlich den fiesen Typen mit Karacho um die Ecke brausen, dann quietschend anzuhalten und sein Moped in die Hecke der angrenzenden Gartenanlage zu drücken. Dann lief der Mann Richtung Haltestelle weiter.

„Bestimmt wechselt der nun gleich in den Bus" meinte Nikos. Und so war es auch: Der gelbe Stadtbus hielt gerade an der Ecke und schwungvoll sprang der junge Mann hinein. „Richtung Wiesbaden", stellte Lisa nur lakonisch fest. Und weg war er.

Das stehen gelassene blaue Moped wurde genauer inspiziert und Mutmaßungen angestellt. „Vielleicht klaut er mit dem Moped viele wertvolle

Teile zusammen, hinterlegt die in den angelegten Verstecken, und irgendwann wird das gesammelte Diebesgut abgeholt" sinnierte Lisa. „Ganz schön fies, diese Nummer!" Der ist wie ein Eichhörnchen, nur gemeiner! Wir müssen den Dieben das Handwerk legen!

Herrchen rief von zu Hause bei der Polizei an, um die neuesten Beobachtungen zum Besten gegeben. Aufgeregt kam er dann an den Essenstisch zurück: „Die haben alles aufgenommen und werden der Sache nachgehen. Wenn es alles so stimmt, wie wir denken, dann bekommen sie die Kerle bald!" „Und Athos müsste eigentlich eine Belohnung erhalten, denn er hat uns ja zu den Plätzen geführt und die entsprechenden richtigen Fährten aufgezeigt." Lisa streichelte mich anerkennend und so gefiel es mir natürlich. Nikos überlegte weiter: „Wahrscheinlich müssen die sich auf die Lauer legen und abwarten, bis das Diebesgut abgeholt wird. Die Täter müssen auf frischer Tat ertappt werden!" Lisa hatte plötzlich noch eine weitere Idee: Sie wandte sich an Li, den chinesischen Studenten und bat ihn, das aufgenommene Foto vor St. Georg an sie per WhatsApp zu senden. Als sie es erhielt, zoomte sie gleich den Hintergrund des Bildes heran: „Schaut mal, da läuft doch hinten der Typ übers Bild! Hab ich´s mir doch gedacht!" Nikos sprang elektrisiert dazu: „Zeig´ her! Wenn es wirklich so ist, dann können wir der Polizei noch weitere Erkenntnisse mitgeben! Ich fahre gleich mit Athos zum Revier und zeige das Foto!"

Das war voll nach meiner Schnauze. Hier passierte gerade etwas sehr Spannendes und ich durfte mit.

Da mein Abendessen aufgefuttert war und keine weiteren großen Lichtblicke zu erwarten waren, hatte ich jetzt eine gute Möglichkeit nochmals in meinen Fall hinein zu schnuppern und ihn voran zu bringen! Wir fuhren also runter in die Stadt, in die Weißliliengasse, parkten im riesigen Karstadt Parkhaus und liefen dann aus dem dunklen, mehrstöckigen Gebäude ins Licht, flugs die Stufen hinauf zur Dienststelle. Hier war was los! Das gefiel mir. Nikos umklammerte stolz das Handy auf dem das entlarvende Foto war.

Die Polizeiwache war gut belebt. Vor uns warteten weitere Mainzer Bürger, die Hilfe brauchten. Vor zwei Stunden hatte es einen Taschendiebstahl auf dem Marktplatz gegeben und die bestohlene Dame erhielt gerade ihre Handtasche zurück. Sie fand noch alle wichtigen Papiere darin, nur das Geld fehlte. Tränenüberströmt, aber doch glücklich, klammerte das Opfer sich daran fest. „Wo haben sie die überhaupt so schnell gefunden?", wollte sie wissen." Aus einem Papierkorb wurde Ihre Tasche herausgefischt", erklärte der Beamte grinsend. „Igitt!", rief nun die Frau und lies sie erschrocken fallen.

Nun kamen Nikos und ich an die Reihe, doch ich blieb lieber sitzen, hatte ich doch einigen Respekt vor einem großen Schäferhund mit Maulkorb, der zu Füßen des Beamten lag. „Keine Angst, Kleiner, der Rufus tut nichts! Das ist ein ausgebildeter Polizeihund." Aber ganz wohl war mir nicht.

„Sag` mal, bist du nicht Athos?" bemerkte der Beamte plötzlich erkennend. „Von Dir hat mir doch der Kollege vom Erkennungsdienst berichtet. Du hast uns doch auch beim Bretzenheimer Bankaufbruch geholfen!"

Na, ihr könnt Euch vorstellen, dass ich bei dieser Ansprache ganz groß geworden bin. Richtig aufgebaut habe ich mich - trotzdem ging ich dem Schäferhund nur bis unter den Bauch. Der hatte sich nämlich auch aufgerichtet, da er die Aufmerksamkeit nicht so recht teilen wollte. Er beobachtete mich argwöhnisch von oben herab. Ich legte mich sicherheitshalber wieder auf den Boden. Herrchen streichelte mich beruhigend und berichtete von meinem Fall. Er zeigte dem Polizisten auch den Schnappschuss vom Weihnachtsmarkt.

„Ach, wenn haben wir denn da? Den kenn` ich, ein alter Bekannter, der auf die "ebsch Seit" verzogen ist. Sollte sich doch hier gar nicht mehr blicken lassen!" Jedenfalls tauschten sich Herrchen und der Polizist rege aus und dann habe ich noch ein großes Geheimnis mitbekommen. Der Polizist beugte sich zu Nikos rüber und flüsterte ihm zu: „Eigentlich wollten wir erst morgen los, und uns auf die Lauer legen. Doch nun setzten wir das schon heute um. Hoffentlich heben wir die Bande aus!" Gut, dass ich diese wichtige Info noch mitbekommen habe.

Nikos fuhr flott mit mir nach Hause, um Lisa vom Fortgang der sich überschlagenden Ereignisse zu berichten. Doch diese wehrte müde ab: „Für heute reicht es mit den Räubergeschichten. Ich muss noch was anderes vorbereiten. Wir haben genug gemacht Lass` jetzt mal die Polizei ran."

So ein Mist, dachte ich. Gerade fängt es an spannend zu werden und die wollen ihre Ruhe. Ich hatte mir aber einen genialen Plan ausgedacht, schließlich mussten die noch ein letztes Mal am Abend mit mir Gassi gehen. Auf die lahmen Schnarchnasen allein war ja kein Verlass! Um 21.00 Uhr wollte Nikos mir, wie immer, vor unserem Haus die Leine anlegen. Rechtzeitig machte ich einen Satz und bin fortgelaufen. So schnell mich meine kurzen Beine tragen konnten lief ich um die Ecke und versteckte habe mich schön im Gebüsch, als Nikos schnaufend vorbeirannte. Ich blieb ganz still. Selbst der umherschleichenden Katze schenkte ich diesmal keine Aufmerksamkeit. Bin ja clever. Wollte mich nur auf meinen Fall konzentrieren.

Als ich Nikos, weit genug entfernt, nach mir rufen hörte, schlich ich Richtung Bushaltestelle. Die

Abläufe an der Haltestelle kannte ich ja, da ich mit Herrchen immer mit zum Altenheim zur Arbeit gefahren bin. Ich wartete also im Gebüsch auf den nächsten Bus, und als der endlich kam, hängte ich mich an die Füße eines älteren Fahrgastes, der auch in den Bus einsteigen wollte. Vom Rückspiegel aus sah mich zwar der Busfahrer, doch er meinte wohl, ich gehöre zum Fahrgast. Habe auch so getan, als ob das mein Herrchen sei. Der Bus fuhr an und bei der Ludwig- Nauth - Straße sprang ich flink aus der offenen Tür heraus. „Ihr Hund läuft gerade weg!", hörte ich den Busfahrer noch durch den Lautsprecher rufen. Und auch die Antwort vom Fahrgast: „Der gehört mir doch gar nicht!" Dann schlossen sich die Türen und der Bus fuhr wieder an.

„Geschafft - gut gemacht, Athos", sprach ich mir selbst Mut zu. „Plan A hat schon mal geklappt". Dann schlich ich im Schatten der Straßenlaternen Richtung Ostergraben hoch, immer nah am Gebüsch entlang. Menschenleer war es; ich sah keinen einzigen Bretzenheimer mehr herumlaufen. Der nasskalte Novemberabend ließ die Menschen in ihren warmen Stuben verharren.

Weiter, immer weiter, bewegte ich mich Richtung Friedhof voran. Ein wenig gruselig war´s schon, da ja auch kein Auto den Ostergraben entlang fuhr. Endlich kam ich schnaufend oben am Berg an.

Plötzlich hörte ich Schritte. Ich drückte mich tiefer ins Gebüsch und schon roch ich den fiesen Typen vom Weihnachtsmarkt. Diesmal ohne Moped und ohne Zigarette. Ziemlich eilig hatte er´s. Gut, dass ich ihn rechtzeitig bemerkt hatte. Und ich ahnte auch, wohin er wollte. So schnell wie der war, kam ich gar nicht nach. Egal, ich hatte ja auch meinen Plan. Mit hechelnder Zunge erreichte ich 3 Minuten später vorsichtig die Hildegard –von- Bingen-Straße. Gleich kam der Friedhof, still war es, seltsam still.

Gegenüber beim Blumenhaus legte ich mich in ein Rhododendrongebüsch auf die Lauer. Doch es passierte nichts, gar nichts. So lag ich da, viele Minuten lang. Die Minuten kamen mir wie Stunden vor, so zäh floss die Zeit. Ich bereute schon, so etwas Dummes getan zu haben, einfach Herrchen entwischen. Mein Fell war ziemlich nass und die Kälte kroch langsam durch meine Haut. Wie schön wäre es jetzt zu Hause - im warmen Körbchen!

Doch wo war der unheimliche Typ hingelaufen? Der konnte doch nicht verschwunden sein? War der bloß weitergegangen? Hatte ich mich getäuscht? War ich einem Trugschluss aufgesessen?

Plötzlich vernahm ich das Aufheulen eines Motors irgendwo in der Nähe. Danach fuhr an meinem Versteck ein alter, zerbeulter Lieferwagen vorbei und hielt vor dem regennassen Gehweg direkt am Friedhofeingang.

Ein Mann mit Kapuze glitt vom Fahrersitz, öffnete das Friedhofstor und verschwand. Eine zweite Gestalt kam um die Ecke gehuscht und verschwand ebenfalls auf dem düsteren Friedhofsgelände.

Hellwach verfolgte ich das Geschehen. Nach kurzer Zeit kamen die beiden zurück. Jeder trug schwer. Die Ladeklappe wurde heruntergelassen und die wuchtigen Teile auf der Ladenfläche abgeladen.

Ich war verzweifelt. Nun saß ich alleine im Gebüsch und konnte wenig ausrichten, hatte doch geahnt, dass es heute passieren würde. Wut stieg in mir hoch. Ich musste eingreifen, koste was es wolle. Wenigstens einen der beiden zur Strecke bringen, denen das Handwerk legen. Außer mir gab es niemanden, der sie aufhalten konnte. Ich stürzte also knurrend aus dem Gebüsch und dem Nächstbesten ans Hosenbein. Erschrocken schimpfte der Kerl, versuchte mich mit Tritten abzuschütteln. Im hohen Bogen flog ich jaulend ins Gras. „Den Kläffer mache ich tot", hörte ich mit Entsetzen eine vertraute Stimme. Mein letztes Stündlein hatte geschlagen! Ängstlich geduckt erwartete ich den großen Hieb. Endlos scheinende Momente. Doch ich spürte keinen Schmerz. Der erwartete Schlag bleibt aus. Vorsichtig blinzelnd öffnete ich ein Auge.. dann das zweite. Um mich herum wurde alles in blaues, flackerndes Licht getaucht. Scheinwerfer sandten ihre Strahlen in die dunkle Nacht. Hektisches Laufen und Motoren hörte ich. Schnaufen. Und dann eine laute, energische Stimme: „Stehenbleiben, Polizei!"

Wieder hektisches Laufen, Rufen, dann einen Knall: schlagartig blieben die Flüchtenden stehen... Im Lichtkegel von blinkenden Polizeiwagen sah ich Polizisten, die zwei sich wehrende Männer in Kapuzenjacken festhielten. Am Boden noch die schweren Teile, die sie zum LKW tragen wollten. Handschellen blitzten auf und wurden um Handgelenke geklickt.

Auflösung

„Wen haben wir denn da?", fragt ein Uniformierter. Er hatte die erste Kapuze heruntergezogen. „Natürlich den Jürgen, das haben wir uns schon gedacht. Da hilft auch kein Umzug nach Wiesbaden, Junge, wenn Du immer wieder bei uns auftauchst. Und hier...?" Wieder wurde eine Kapuze vom Kopf gezogen, doch plötzlich herrschte entsetztes Schweigen, Erstaunen. „Was - du? Was machst Du denn hier, Volker?" Der Polizist schüttelte entgeistert den Kopf und dreht sich kurz zu seinen Kollegen um. „Seht mal da... unser Ex-Kollege dreht nun krumme Dinger..... wer hätte das gedacht...!" brach es aus ihm hervor. „Der Volker war doch mal bei uns, bevor er zur Versicherung ging."

Jetzt erkannte ich ihn auch. Na klar, das war doch die vertraute Stimme, die ich kurz vor dem großen Schlag gehört hatte. Volker war doch eigentlich ganz nett gewesen.... hatte mich doch gestreichelt und Lisa mal ein Handtuch für mein nasses Fell gereicht... Jetzt fiel mir so einiges ein. Irgendwo war Volker ja immer wieder aufgetaucht. Der war immer bestens informiert, hatte immer mehr gewusst als ich, der den Fall „Mainzelbahn" übernommen hatte. Und trotzdem hatten sie ihn jetzt am Kragen. Noch machten die Puzzleteile in diesem verworrenen Krimirätsel keinen Sinn.

Schon hörte ich wieder vertraute Stimmen, nun aber wirklich gute Stimmen. Es waren Lisa und Nikos. Wie die es geschafft hatten, hierher zu kommen? „Da bist du ja, du Streuner. Einfach ausgebüxst! Endlich haben wir dich gefunden!" Lisa stürmte auf mich zu und eh ich mich versah hatte sie mich auf dem Arm und fest an sich gedrückt, trotz meines Gewichts. Sie schienen mich echt vermisst zu haben. Dabei war ich ja gar nicht weggelaufen, sondern war nur in meiner Mission unterwegs gewesen. Wie die das wohl so schnell geschafft hatten, mich zu finden?

Da bekam ich schon die Auflösung geliefert: „Nur gut, dass Heinz noch gesehen hat, wie du im Bus verschwunden bist, du Stromer! Der hat uns gleich Bescheid gesagt und wir haben alles in Bewegung gesetzt, um dich aus deiner misslichen Lage zu befreien!" Ähm - welche missliche Lage dachte ich noch bei mir. Mein Ausflug war wohl mehr als vorbereitet und geplant gewesen; nur eben nicht, dass die Gauner so aggressiv sein würden...

Der Abend war erfolgreich zu Ende gegangen und ich war glücklich und zufrieden. Endlich war mein Fall aufgeklärt und die Saboteure der Mainzelbahn gefasst. Zufrieden konnte ich mich auf Lisas Arm zum Auto tragen lassen. Als sie mich hinten auf dem Rücksitz ablegte, war ich schon fast eingeschlummert. Ich war irgendwie sehr müde. Aufgewacht bin ich erst wieder zu Hause, in meinem Körbchen. Wie die mich da wohl hingebracht haben?

Am übernächsten Tag stand in der Zeitung, dass die Mainzer Polizei endlich die berüchtigte Mainzelbahnbande gefasst habe und so der Premierenfahrt der Trambahn nichts mehr im Wege stand. Von meinen Heldentaten war nichts zu lesen, doch Herrchen und Frauchen konnten die Fakten richtig einordnen. „Athos, wir wissen, dass du an der Lösung des Falls einen großen Anteil hast. Bloß kann man dies der Bevölkerung so nicht sagen. Da würde sich ja die Polizei blamieren!"

Ach so war das.

Na, und dann bekam Herrchen Nikos noch einen Einlauf. „Das Du jetzt bloß nicht noch die Mainzelbahn unterstützt und auch damit fährst", warnte Frauchen mein Herrchen. „Hatte fast täglich Ärger mit den Baustellen und der Umsteigerei..." Lisa schimpfte noch eine Weile vor sich hin.

Doch es gab noch eine Überraschung für mich. Am Abend klingelte es an unserer Tür und der nette Polizist kam herein. Er überreichte meinem Herrchen einen Umschlag und für mich hatte er einen ganzen Ring Mainzer Fleischwurst dabei. Diese war sogar mit einer großen roten Schleife versehen. Muss euch noch verraten, dass die Meenzer Worscht mein liebstes Leckerli ist. Manchmal kauft Herrchen ein Stück davon und wir beide verspeisen es heimlich, bevor Frauchen von der Arbeit zurück ist. Da wurde der Polizist amtlich und rückte seine Krawatte zurecht. Er nahm Haltung an.

„Diese Aufmerksamkeit ist für den mutigen Athos. Wir möchten uns für seine tatkräftige Mithilfe bedanken und ihm eine nahrhafte Belohnung überreichen. Ebenso ernennen wir ihn ehrenhalber zum Mainzer Polizeihund!"

Was glaubt ihr, wie stolz ich da war. Die Wurst bekam ich leider nicht gleich, sondern nur teilweise zu sehen und zu fressen. Die neunmalkluge Lisa meinte, ich würde mir sonst den Magen verderben. Spielverderberin.

Den Umschlag vom Polizisten hatte Nikos nach einem kurzen Blick auf den Inhalt schnell in seiner Jackentasche verschwinden lassen, bevor Lisa dazu trat. Warum dies? Gab es Geheimnisse? Bahnte sich da was Neues, Spannendes an?

Lisa wollte noch wissen, wie sich das mit dem Volker und seinem sträflichem Tun verhielt. Dem Polizisten war die Frage recht unangenehm: „Ähm, Frau Achtsam, da sprechen sie einen wunden Punkt an". Er trat nervös von einem Bein aufs andre. „Das Dumme war, dass wir die Kerle nie zu fassen bekamen, weil die immer schon vorher wussten, wann wir uns auf die Lauer legen wollten. Der Volker, als ehemaliger Kollege, tauchte ja oft bei uns auf dem Revier auf und hat so manche Insiderinformation aufgeschnappt. Wir wussten ja nicht, dass er mit drinhängt. Haben uns immer nur gewundert, warum wir die Bande niemals auf frischer Tat schnappen konnten. Nun sind wir schlauer."

„Und wieso hat es diesmal geklappt?" setzte Lisa nach. „Nun", meinte der Polizist, „wir wollten eigentlich erst am darauffolgenden Tag zum Friedhof fahren, doch da ihr Mann mit Athos der Angelegenheit neuen Schub gab, hatten wir uns kurzentschlossen noch am gleichen Abend auf die Lauer gelegt. Volker hatte am Morgen aber noch den alten Stand der Ermittlungen im Ohr gehabt und er fühlte sich sicher, dass er noch rechtzeitig am Abend die Beute abtransportieren könnte. Diesmal waren wir für den Zugriff zur Stelle. Am nächsten Tag hätten wir sonst vor einer leeren Grube gestanden….."

Der Polizist verabschiedete sich und dann gingen Lisa und Nikos mit mir noch im nahe gelegenen Park Gassi. Irgendwie war ich ganz froh, dass alles wieder seinen normalen Lauf nahm.

Ein paar Wochen später erfuhr ich dann auch, was in dem Umschlag steckte, den der Polizist Nikos zugesteckt hatte. Es waren zwei Ehrenkarten für die Premierenfahrt mit der Mainzelbahn. „Du darfst das bloß Frauchen nicht verraten, Athos, raunte mir Herrchen noch zu. Die mag das bestimmt nicht. Aber die ist ja jetzt auf der Arbeit" lachte Nikos verschwörerisch. Ich war begeistert, denn heute war mal wieder was Besonderes los.

Zur Feier des Tages bekam ich gleich zum Beginn der Fahrt von einer netten Dame eine kleine rot-weiß-blau-gelb gestreifte Schleife ans das Halsband gesteckt. Die Premierenfahrt mit uns Fahrgästen startete in der Stadt und sollte oben auf dem Lerchenberg enden.

Die Trambahn glitt flott auf den Gleisen dahin und ich habe gar nicht bemerkt, wie schnell die Zeit davonflog. Als wir an der Endstelle auf dem

Lerchenberg ausstiegen, spielte eine kleine Kapelle einen Tusch und alle Fahrgäste erhielten kleine Geschenke.

Ein fein gekleideter Herr stand zur Begrüßung da und überreichte Nikos einen Präsentkorb. „Sie und Ihr Hund sind heute unsere Ehrengäste! Noch ein paar Fotos für die Zeitung!" So schnell konnte Nikos gar nicht abwehrend reagieren. Zwei Herren mit großen Kameras kamen herbei geeilt und gleich darauf blitzte es, dass mir schwarz vor Augen wurde. Nikos war das Ganze sichtlich peinlich.

Am nächsten Tag zog Lisa die Mainzer Allgemeine Zeitung aus dem Briefkasten und entdeckte natürlich gleich am Frühstückstisch das Foto mit uns beiden. Nikos bekam rote Ohren und versuchte alles zu erklären, doch Lisa wusste Bescheid. „Da gibt es nichts zu erklären", sagte sie missbilligend. „Ich bin nicht wütend, aber sehr enttäuscht."

Nun sind wir schon im schönen Frühjahr angelangt und was glaubt ihr, wer täglich mit der Mainzelbahn zu Arbeit fährt? Natürlich die Lisa. „Es fährt sich viel schneller und leichter zum Hauptbahnhof", sagt sie nun. „Und gemütlicher als der große Bus ist die Mainzelbahn allemal."

Erlebnisse des kleinen Helden Athos im Mainzer Altenheim

Introitus

Der Boden auf dem ich stehe vibriert, unruhig schlägt die fensterlose Kabine hin und her, die Fahrt scheint kein Ende zu nehmen. Endlich steht sie still. Plötzlich öffnet sich die stählerne Wand. Darauf habe ich gewartet. Ich spanne meine Muskeln und schieße hinaus, schlage einen Haken links um die Ecke und rase geradeaus. Meine Ohren sind fest angelegt, der ganze Körper gestreckt, die Beine holen weit aus. Die Leine auf meinem Rücken berührt kaum den Boden, schlägt nur manchmal kurz auf. Ich erreiche die Höchstgeschwindigkeit, schlage erneut einen überraschenden Haken, dieses mal nach rechts, überschlage mich und lande auf dem Rücken! Aus vier Kehlen schreit es auf, acht weit aufgerissene Augen schauen mich an, acht Hände greifen nach mir! Ich habe es geschafft! Die

Pflegerinnen im Wohnbereich 3 im Mainzer Altersheim begrüßen mich, lachen, streicheln mich und loben meine Schönheit! Und das um 7.15 Uhr - was für ein „Guten Morgen!"!

Frauenflüsterer

Leise nähert sie sich von hinten. Die gummibereiften Räder gleiten fast lautlos über den Linoleumbelag. Sie, das ist Frau Kloster, hat mich von weitem gesehen und glaubt, dass ich schlafe. Ich liege auf meiner Decke neben der Heizung, im

Rücken von Frau Hamburg und von Frau Hoffnungsvoll, zwei meiner Freundinnen. Das ist ein guter Platz! Von hier habe ich das komplette Drehkreuz im Blick: wer kommt in unseren Wohnbereich, wer verlässt uns, wer geht in das Schwesternzimmer? Nichts geschieht, ohne dass ich es bemerke, nichts wird gesprochen, ohne dass ich es höre! Und so habe ich Frau Kloster schon lange beobachtet und auf mich zu rollen sehen. Ich drehe mich auf den Rücken und stelle mich schlafend. Aus den Augenwinkeln sehe ich, wie sie sich langsam nähert. Ich stelle mich noch immer schlafend! Nun hat sie mich fast erreicht. Da richtet sich Frau Kloster in ihrem Rollstuhl auf, ihre Mundwinkel ziehen sich nach oben, dann beugt sie sich plötzlich über mich - und streichelt! Sie lacht und ich freue mich! Streicheln tut so gut, tut beiden Beteiligten richtig gut. Und dann höre ich, wie sie erzählt, dass ich nach vielen Jahren der erste Hund bin, den sie nach einem Hundebiss, wieder voller Vertrauen und Freude berührt. Auch das tut mir gut!

Männerflüsterer

Wie sollte es anders sein? Natürlich passierte es gleich am ersten Tag. Wider Erwarten war ich eingeschlafen, wider Erwarten, weil ich eigentlich viel zu nervös war. Alles war neu, es war ja sowieso alles neu: bin gerade auf der Insel Kreta von der Straße gerettet worden, habe zwei neue Chefs, also Chefin und Chef, die sich Mühe geben mich zu verstehen. Ich gebe mir auch Mühe die Beiden zu verstehen. Das Problem ist nicht die Sprache, das Problem ist: es ist plötzlich alles anders. Trage jetzt ein Hundegeschirr, Herrchen nennt es Strapse, in dunkelrot; erst fand ich das peinlich, aber die Hundekollegen sind gar nicht drauf eingegangen. Gehe jetzt regelmäßig Gassi, das ist so ähnlich wie nach der Uhr müssen müssen, habe mich aber inzwischen dran gewöhnt. Dafür habe ich jetzt keine Flöhe mehr und bekomme regelmäßig Futter. Wenn es nicht reicht, schaue ich mal schnell beim Kater Othello in den Napf, was nicht gerne gesehen wird. Und ich habe zwei bequeme Schlafplätze, das ist nicht zu verachten! Da sind wir wieder beim Thema: wider Erwarten war ich also eingeschlafen und ich habe ihn nicht kommen hören, den obersten Chef, diesen ganz langen. Also mein Chef ist ja für mich schon groß, aber der, der ist ja echt viel größer.

Und als der anfing zu reden, da bin ich natürlich wach geworden und sah über mir, neben mir und vor mir den riesigen Schatten – beängstigend, beeindruckend. „Ach Herr Deister, wieder aus dem Urlaub zurück? Wie geht's? Und, haben sie etwas mitgebracht?" Kurze Pause, noch eine kurze Pause. „Oh danke, mir geht es gut und mitgebracht habe ich auch etwas, oder besser jemanden!" Und dann zeigte er auf mich, also meinen Chef. Der große Chef, der hatte mich noch gar nicht wahrgenommen und schaute überrascht auf mich herunter. Ja und dann haben die beiden miteinander gesprochen, habe nicht so richtig verstanden worüber, aber es war wohl gut. Der große Chef lachte mich an und mein Chef, also der kleine, lachte mich auch an! Und seitdem darf ich ins Altenheim, echt toll. Ich muss nicht zu Hause warten und die Leute hier freuen sich über mich! Da wäscht doch mal ganz überraschend schnell die eine Hand die andere!

War jetzt nicht so gut
Also, ich weiß jetzt nicht so richtig wie ich mich ausdrücken soll, oder besser, wie finde ich eine ehrlich klingende Ausrede! Geschehen ist es in den ersten Tagen hier im Heim. Ich finde es richtig super hier! Ich bekomme ganz viel Besuch, reichlich Streicheleinheiten und schaue immer in freundliche Gesichter! Das hat nun wirklich nicht jeder auf seiner Arbeitsstelle! Und trotzdem ist es geschehen. Ich könnte natürlich sagen, dass das noch die Aufregung mit der netten Tierärztin war, aber das stimmt ja eigentlich nicht so wirklich. Natürlich hat sie mich gründlich untersucht und

gepiekst und auch reichlich Blut abgenommen, aber es ist perfekt ausgegangen und wie schon gesagt, die waren alle in der Praxis toll nett zu mir. Nein, das ist kein Grund für mein Verhalten. Was war vorgefallen? Mein Chef war beschäftigt und immer noch beschäftigt und schon wieder beschäftigt. Da kann mir doch wohl die Zeit auch mal etwas lang werden! Und so kam ich auf die Idee doch in Richtung Fahrstuhl zu wandern, nur mal um zu schauen – ehrlich! Na und dann ging plötzlich die Tür auf und ich hatte das Gefühl, es zieht mich, wie von Geisterhand, hinein. Die Mitfahrer wunderten sich vielleicht, so klein und so allein; aber ich wurde in Ruhe gelassen. In der ersten Etage bin ich ausgestiegen. Vielleicht hatte ich schon ein beginnendes schlechtes Gewissen. Ich bin hin zur großen Treppe, die hinunter in das Foyer führt… Und da hörte ich sie schon: mein schlechtes Gewissen rief: „Athos, was machst du da?" und mein Chef, der von oben die Treppe herunter rannte, rief: „Athos, was machst du da?", als hätten sie sich abgesprochen. Und dann hat er mich auch schon gepackt. Puh, der war wirklich schnell, hatte ich ihm nicht mehr zugetraut. Und er hat nicht mit mir geschimpft, das fand ich sehr sehr nett. Aber das Beste kommt zum Schluss!

Er, also Chef, hat mir, als wir wieder oben waren, gleich die beste Entschuldigung geliefert: „Der Hund ist nicht weggelaufen, er ist wohin gelaufen!"

Diesen Satz hat er in seiner Ausbildung gelernt. Danke Chef!

Die kürzeste meiner kurzen Kurzgeschichten mit Athos:

Jeder ist ersetzbar

Vorher:

a: „Hallo! Guten Morgen Nikolaus!"
b: „Guten Morgen, wie geht es dir Nikolaus!"
c: „Schön, dass du da bist, Nikolaus! Was machen wir heute?"

Seit dem: a,b,c,(alle durcheinander): „Wo ist der Hund? Hat er den Hund mitgebracht? Da ist der Hund!"

„Oh wie niedlich, schaut mal!"

„Ach ist der süüüüß!"

lange Pause: „Hallo Nikolaus!"

Ich liebe ihn trotzdem!

Das habe ich ja noch nie gesehen

Es ist Donnerstag, der 4. Februar 2016, auf dem Kalender ein ganz normaler Tag. Aber dann: Nikolaus, also mein Chef, kleidet sich ganz in schwarz. So kenne ich ihn nicht, aber wenigstens macht es ihn etwas schlanker! Mit voller Tasche bepackt fahren wir wieder zur Arbeit. Es ist später als üblich, deswegen vielleicht auch Spätdienst. Im Heim angekommen herrscht eine unerklärliche Unruhe. Ich werde heute gleich mit der Leine festgemacht.

Langeweile macht sich in mir breit, denn auch die Pfleger haben kaum Zeit für mich. Der Schwarze, also Nikolaus, eilt von einem Zimmer in das nächste, spricht mit den Kollegen auf dem Wohnbereich und verschwindet dann, wie er es nennt, zum Umbauen. Es dauerte eine Weile, bis er etwas erschöpft zurück ist. In der Zwischenzeit ist allerdings bei uns viel passiert. Viele Bewohner sitzen um mich herum und alle sind bunt geschmückt mit lustigen Kappen und roten Nasen und "Helau" auf den Wangen. Die Stimmung ist prächtig.

   Nur der Schwarze macht einen leicht gehetzten Eindruck, obwohl er so dezent vor sich hin grinst. Irgendwie wirkt er auf mich wie der Ritter von der traurigen Gestalt, denn alles ist bunt und fröhlich - nur er, er steht da komplett in schwarz.

Nun bringen die Pfleger und er die Bewohner zur großen Fastnachtsfeier hinunter in den Saal. Weg ist er wieder. Aber dann, ich traue meinen Augen nicht: mein Chef kommt aus der Umkleide gestürzt, soweit o.k., aber als Erdbeere verkleidet! Wie peinlich ist das denn? Allerdings finden die anderen das sehr lustig...

Also: das habe ich noch nie gesehen!... Ach, da fallen mir wieder meine roten Strapse ein – wie peinlich. Vielleicht ist das Kostüm doch gar nicht so schlecht...?

Oh wie fein ist Bretzenheim

Athos – ein Hund mit Migrationshintergrund

„Guten Tag"

„Auf Wiedersehen"

„Mein Name ist Athos"

„Ich bin 18 Monate alt"

„Ich komme von Kreta"

So oder so ähnlich fängt es immer an. So fangen alle an, egal woher sie kommen, die Ausländer. Alle sollen sie die deutsche Sprache lernen.

„Deutsche Sprach ist schwäre Sprach!", auch für mich! Ich habe noch keinen offiziellen Sprachkurs besucht, aber inzwischen klappt es schon ganz gut, wenn ich will. Mein griechischer Wortschatz ist nicht sehr groß und davon habe ich auch schon viel vergessen. Aber so Begriffe wie: Θυγε απο 'δω! = Hau ab! Εδω δεν εχει τιποτα για σενα! = Hier gibt es nix für dich! Δωσ τον λιγο γυρω! = Gib ihm was vom Gyros! Εκει οτην γωνιτσα μπορεις να κοιμηθεις! = Da in der Ecke kannst du schlafen!" hörte ich fast täglich; immer auf der Hut, immer auf der Straße. Als dann die Touristen kamen, ging es mir bisweilen gut, die waren fast alle sehr

freundlich zu mir. Aber ich habe sie nicht verstanden, wenn sie mit mir sprachen. Und dann waren da plötzlich meine jetzigen Chefs und ab ging es nach Deutschland. Völlig überraschend, ohne jede Vorbereitung, keinerlei Sprachkenntnisse!
Ich war total überfordert!
"Sitz! Athos komm hier her! Fuß! Lass den Kater in Ruhe! Sei ganz ruhig! Komm, Gassi gehen! Athos Futter! Leckerli!!!!" Das sollte mein neuer Wortschatz werden. Leckerli und Futter, das war natürlich sofort klar. Aber der Rest! Besonders dieser Spruch mit dem Kater - bis der mal so richtig gegen mich ausgeholt hat, da wusste ich Bescheid! Man nennt das, glaube ich, "learning by doing"! Aber mal ganz im Ernst, denke nicht, dass das so leicht ist mit der Fremdsprache! Oder sag doch mal: Sitz! Athos komm hier her! Fuß! Auf griechisch! Na, ich höre!

Eingetaucht und mittendrin
Es hat schon eine Weile gedauert. Ich meine die Eingewöhnung in meine neue Heimat. Obwohl, das muss ich auch mal sagen, die Bretzenheimer haben es mir sehr leicht gemacht, freundlich, wo auch immer ich auftauchte. Sie haben mich angesprochen, gelächelt und meistens spontan gestreichelt. Bei Marcello, unserem "Italiener um die Ecke", versorgt mich der Chef sogar schon mal mit einer Scheibe Schinken. Den Weg dahin finde ich inzwischen schon fast alleine. Auch unser Hausmeister ist immer gut drauf.

In seiner Arbeitshose hat er auf der rechten Seite eine extra Tasche für Leckerlis! Wir lieben ihn alle, also ich meine jetzt: wir Hunde. Wir Hunde, weil bei uns viele Artgenossen von mir wohnen: die sportliche Lutzi, der junge Gandalf, (sehr jung – sehr übermotiviert), die Donna, der kleine Pegasus (der sieht so witzig aus), die Biene, die Hely, sie darf öfter auf dem Elektrorollstuhl mitfahren, und die Meike. Vor Meike habe ich Respekt, weil - sie ist eine Schäferhündin. Und vor denen habe ich eben, ehrlich gesagt, Angst. So ganz verstehe ich das selber nicht, denn Meike ist immer ganz ruhig, knurrt nicht, geht einfach an mir vorbei, schaut mich kaum an. Vermutlich ist sie ganz nett, aber... du kennst das bestimmt selbst: Kopf und Bauch nicht im Einklang! Und es gibt noch mehr Kollegen im Haus, die hoffen, dass die rechte Beintasche von Herrn Backenofen gut gefüllt ist. Was ich damit überhaupt sagen will? Bretzenheim ist toll. Nette Leute, viele Hunde im Haus und noch viel mehr Hunde auf unseren Spaziergängen. Habe inzwischen auch schon große Hunde kennengelernt, die richtig nett sind, kenne sie nur nicht mit Namen. Bis auf einen, das ist der alte Niko, der wohnt nebenan. Wir treffen uns immer mal wieder beim Gassigang am Feldrand. Leider ist er nicht mehr so fit, dass wir miteinander spielen könnten, aber wir unterhalten uns prächtig. Ja, oh wie fein ist Bretzenheim, man muss wirklich nicht nach Panama!

Multikulti supi

Ich muss das unbedingt erzählen, ich bin aber auch so was von froh. Dabei hat sich alles durch Zufallsbekanntschaften ergeben. Wir waren, wie jeden Tag, in Bretzenheim spazieren. Unterwegs trafen wir Paulchen. Paulchen lebt seit ein paar Jahren in Ingelheim, ist gebürtiger Spanier. Ob er schon den Deutschkurs machen musste, das weiß ich nicht, aber er beherrscht die deutsche Sprache so gut, wie es halt ein Spanier kann. Paulchen ist nett, super nett. Wir haben uns auf Anhieb verstanden. Er ist viel quirliger als ich, genauso wie sein Fell. Wir liefen nebeneinander her und schnupperten um die Wette. Dabei habe ich gar nicht bemerkt, dass sich von hinten Lupo genähert hatte, Paulchen hatte aufgepasst und war etwas nervös, aber ich konnte ihn beruhigen. Lupo ist aus Rumänien, ist groß, richtig groß und trägt kurzes, gelocktes schwarzes Fell. Glaub nicht, dass Fell automatisch weich ist. Lupo hat da etwas mehr von einer Drahtbürste, genau wie sein Charakter. Kein Wunder bei seiner Vergangenheit. Aber er ist total freundlich zu mir und er gibt mir das Gefühl von Sicherheit. Er hat noch Probleme mit der Sprache, doch er gibt sich Mühe. Dann sind wir Drei endlich an der Wiese im Park angekommen. Da wartet schon Susi auf uns. Ich bin, aber nicht weitersagen!, heimlich in sie verliebt. Susi ist, wie ich, aus Griechenland, aber von der Insel Lesbos. Sie ist so schön mit ihren schlanken Beinen. Ihr wohlgeformter Körper wird von einer eleganten Kurzhaarfrisur bedeckt, eine Augenweide. Und sie ist so schüchtern, so lieb schüchtern. Ich bin sofort zu ihr hin und sie hat mich angelächelt. Ich war wie gelähmt. Und dann kam Rocky, unser deutscher Freund, ein Mops. Rocky ist immer gut drauf, halt mopsfidel. Zack war ich wach, es war doch Spielenachmittag! Wir haben getobt, sind gerannt, es wurde um die Wette geschnuppert und die Leckerlis haben wir gerecht untereinander aufgeteilt. Es war ein tolles kleines Fest. Ein Spanier, ein Rumäne, ein Deutscher, ich als Kreter und die hübsche Griechin Susi, wir kommen klasse miteinander aus, verstehen uns supi, trotz aller kultureller Unterschiede! Und nix: ABER! Man muss halt wollen! Alle müssen wollen!

Wir Griechen
Ich weiß gar nicht, wie ich anfangen soll. Uns Griechen wird ja nachgesagt, dass wir nicht in der Lage sind, einen richtigen Staatshaushalt umzusetzen, denn wir würden keine Steuern zahlen! Ja, das ist korrekt, zumindest keine Hundesteuer. Wir würden nicht arbeiten, das sähe man ja an der Akropolis – eine Ruine mitten in der Hauptstadt Athen! Wir säßen schon mittags im Schatten – gemeint sind die alten Männer im Kafenion und die würden nur aufstehen um einmal wöchentlich von der Bank die europäischen Subventionen abzuholen. Kurzum …..! Ist das nicht vielleicht etwas zu einfach. Ich bin nun zwar erst ein halbes Jahr

in Deutschland, aber was ich in dieser kurzen Zeit schon gehört habe... Da geht, nur für ein paar Monate, ein bekannter Wurstfabrikant wegen Millionensteuerhinterziehung in das Gefängnis, nur einer von vielen. Okay, wir haben die zerfallene Akropolis, aber wie alt ist die denn auch schon. Hier in Deutschland, da werden Millionen für neue Ruinen ausgegeben, Brücken ohne Straßenanbindung! Und beispielsweise der Flughafen in Berlin, ein Millionengrab, das nichts einbringt! Aber unsere Akropolis, die zerfällt so schön, dass sie jedes Jahr wahrscheinlich Millionen Euros in die Staatskasse spült! Was die Männer im Schatten angeht, früher saßen da die alten Männer vor den Kafenia oder unter den Bäumen am Brunnen. Heute sitzen da leider auch jüngere Männer, da es für viele keine Arbeit gibt. Die Mittagspause, ja, die ist natürlich eine andere als hier in Deutschland. Wer würde denn hier bei locker 40Grad und mehr in der Sonne arbeiten? Auf der anderen Seite ist es auch kein Problem abends um 20 Uhr noch einen Arzt zu finden und bis spät in die Nacht im kleinen Lebensmittelladen einkaufen zu können. Das ist doch auch etwas! Ich habe den Staatshaushalt vergessen? Nein, das ärgert mich ganz besonders. Der verkorkste Staatshaushalt ist das Werk einiger weniger einflussreicher Familien und nun müssen die kleinen Leute dafür herhalten! Es ist nicht leicht als einfacher Bürger in dieser Situation in Griechenland sein Geld zu verdienen und da nutzt man schon mal hier oder da eine kleine Lücke aus. Also eigentlich wie hier....

Die Allgegenwärtigkeit der schwarzen Beutel
Das war für mich etwas völlig Neues. In Agia Galini, also da wo ich herkomme, da habe ich genau das gemacht, was alle machen, alle Katzen, alle Hunde. Wir erledigen unser Geschäft immer da, wo wir sozusagen unter Druck stehen; natürlich ein bisschen an der Seite, oder unter einem Busch, wenn es geht. Das hat auch niemanden großartig aufgeregt, oder, falls doch, war ich immer schon wieder weg. Aber hier in Bretzenheim, da ist das anders, jedenfalls bei uns. Und so, wie ich das jetzt sehe, wäre es toll, wenn das bei allen Geschäften dieser Art so wäre! Ich musste mich auch erst daran gewöhnen, wenn ich mich erleichtert hatte, nicht gleich wegzulaufen. Nein, heute sitze ich in Hab-Acht-Stellung neben meinem Häufchen und warte darauf, dass Herrchen oder Frauchen mit dem schwarzen Beutel kommt und die Hinterlassenschaft gut verpackt und verschnürt, ein gewöhnungsbedürftiger Akt. Witzig sieht es dann aus, wenn der Beutel wie eine Trophäe davon getragen wird, um ihn dann aber doch im Mülleimer zu entsorgen. Wenn da jemand meint, das Getue wäre doch nur Quatsch, dann hat er wohl noch nie hineingetreten, in den Hundehaufen...

Wundersamer Zauber

Kennst du das auch? Also das ist jetzt kein Witz! Du bist irgendwo – zum Beispiel in einem Zimmer. Du langweilst dich, du hast vor dich hingedöst, die Fliege beobachtet, wieder gedöst, durch das Fenster die Wolken verfolgt, jedenfalls soweit das ohne Bewegung geht, und du langweilst dich noch immer. Du bist allein, total einsam, verlassen. Müde und erschöpft vom Nichtstun quälst du dich ohne Grund von deinem Lager hoch, doch nichts geschieht - was auch. Die Fliege klebt wie betäubt unter der Zimmerdecke, selbst die Wolken scheinen alle gleich zu sein. Draußen lärmt, natürlich unerwartet, der Müllwagen und deine Lebensgeister beginnen sich zu aktivieren. Du könntest nochmals durch den leeren Futternapf schlecken, das schon x-mal vergeblich gestopfte Schmusetier Mausi bearbeiten, oder gucken, wie der Kater Othello auf dem Sessel liegt und schläft? Das ist sowieso ungerecht, dieser alte Kerl darf überall hin! Überall heißt wirklich überall. Wenn wir beide, der Othello und ich, alleine zu Hause sind, eben wie jetzt, du glaubst nicht, wo der überall hinspringt. Ich will ihn wirklich nicht schlecht- machen oder verraten, aber der geht auf das neue Sofa, der geht auf das große Bett und der geht sogar auf den alten Esstisch! Und ich? Ich bekomme sofort Stress wenn ich nur so tue, als käme ich am liebsten zu Frauchen oder Herrchen auf das Sofa. Aber eine absolute Provokation mir gegenüber ist die Besteigung

des Esstisches. Du musst auf den Stuhl
springen – du siehst, das geht wirklich
einfach – und dann zack, ein Hops und du
bist ohhh! „Athos!!! Runter da! Sofort
runter!!!" Da ist es geschehen! Du bist so
allein, einsam, wie ausgesetzt und wie aus
dem Nichts droht dir plötzlich eine Stimme!
Wie kann das sein?
Da ist er einfach so da, mein Chef! Ich weiß
nicht wie er das macht.
Jetzt legt er sein Buch aus der Hand.
Verrückt, nicht wahr?

Monster

Unvorstellbar und fast nicht zu beschreiben,
was ich gestern gesehen habe. Total
ahnungslos und naiv ging ich mit Herrchen
Gassi, also er mit mir. Erst hatte ich, wie so oft,
überhaupt keine Lust. Es war Nachmittag,
die Sonne brannte heiß vom strahlend
blauen Himmel, keine Bienchen zu hören,
kein Vogelgezwitscher. Eigentlich hätte mich
das stutzig machen müssen, aber ich und
Nikos trotteten gedankenlos vor uns hin, den
Roten Weg entlang.
Wir waren gerade an den Kleingärten vorbei,
da standen sie, die Monster! Gleich zwei
dieser unbekannten Wesen versperrten mir
das Weiterkommen. Mächtig bauten sie sich
vor mir auf. Allein ihr kräftiger Schwanz hätte
mich hoch über die nächste Hecke
schleudern können. Und die riesigen
Nasenöffnungen! Einmal tief Luft geholt – ich
mag es mir gar nicht ausmalen, wie ich im

Inneren dieses Unwesens verschwunden wäre – und dann wieder ausatmen – es hätte mich auf dem Boden zerschmettert! Die schweren Eisenplatten unter den Füßen würden den Rest erledigen. Die tonnenartigen Bäuche ließen erahnen, was danach geschehen wäre, da brauchte man keine Phantasie, die Realität sprach für sich! Und dann flüsterte mir Nikos zu: „Komm Athos, lass uns weitergehen, sonst erschrecken sie vor dir, die Pferde!" Der Rückweg war ganz einfach: gnadenlose Missachtung diesen Schissern gegenüber!

Unteilbar
Wenn du mal durch das alte Bretzenheim schlenderst, so wie Herrchen mit mir beim Gassigang, oder anders, du hast den unbändigen Wunsch nach einer Leckerei, dann kommst du nicht am Nusstörtchen vorbei. Diese elegante Erscheinung besteht aus drei verschiedenen Schichten: dem krokantfarbenen Biskuitboden als Basis, dann einem zarten schokoladenfarbigen Nussbiskuit, und als Abschluss einem hellen Biskuitteig. Eingehüllt wird das Törtchen, das eigentlich Nustürmchen heißen müsste, durch eine helle Nussglasur. Alles lecker, alles wunderschön! Aber im Moment ist das Entscheidende für mich, die Nuss oben drauf - haargenau in der Mitte. Du kennst Loriot? Natürlich kennst du den, den König der Situationskomik! Der ist eines Tages durch das alte Bretzenheim geschlendert und hatte

plötzlich den unbändigen Wunsch nach einer Leckerei. Und wie es das Schicksal will, steht er wie von einem Magnet angezogen, in unserem Café Nolda und sieht das Nusstürmchen, also Nusstörtchen. Er kommt nicht daran vorbei, bestellt das Törtchen, setzt sich und genießt. Der zarte Schmelz zergeht ihm auf der Zunge und die Neugier ist geweckt! Wie sieht das Objekt der Begierde von innen aus? Also versucht er das Türmchen sauber in der Mitte zu teilen. Und nun kommt die Nuss ins Spiel: das Türmchen lässt sich nicht teilen, jedenfalls nicht durch die Nuss und somit nicht gerecht! Merkst du etwas? Nicht gerecht geteilt! Hier in unserem Café Nolda hat er die Idee bekommen, der Herr Loriot! Unser Nusstürmchen war die Grundlage der Idee mit dem Kosakenzipfel! Ja, so ist es gewesen! Wahnsinn! Und keiner weiß davon! - Oder habe ich es nur geträumt, weil ich letztens nachmittags mit Frauchen den Film mit dem Kosakenzipfel gesehen habe? Und da sind auch ein paar leckere Krümmel vom Türmchen heruntergefallen... Aber es könnte doch so gewesen sein, oder?

Der Unterschied von kalt

In meinem ersten Leben, keine Angst, ich bin keine Katze, also in meinem ersten Leben war ich ja ein Straßenhund auf der Insel Kreta. Du kennst Kreta? Schon mal von gehört? Dann weißt du ja, dass es dort wunderschön warm ist, im Hochsommer ist es bis 10 Uhr sehr schön warm, danach schon mehr sehr heiß, aber dann wieder schön warm. Jeden Tag ist das so, außer im Winter, da regnet es oft und stürmt und dann ist es auch, ihr würdet sagen frisch, wir haben gesagt: richtig kalt. Oben in den Bergen fällt sogar Schnee, aber das ist eben oben, nicht unten. Unten da sind im Winter meistens zwischen 4 und 10 Grad plus, wie gesagt, richtig kalt. Diese Zeit fürchten alle. Ganz schlimm ist es, wenn es dann sogar unten Schnee gibt, das ist grauselig und niemand ist darauf eingestellt. Ich habe es ja nicht selbst erleben müssen, habe nur die fürchterlichsten Geschichten gehört... Aber dieses Jahr habe ich es erlebt! Direkt hier in Mainz- Bretzenheim, in meinem Park, direkt vor meiner Tür! Überall wo ich hin kam lag Schnee und zwar hoch. Der hörte erst da auf, wo mein Bauch schon längst angefangen hat. Stell dir mal vor, du schleifst mit deinem Bauch immer über den Schnee und das so gut wie nackend! Wie findest du das? Ich meine das Gefühl mit dem Schnee und deinem Bauch! Natürlich kann ich da nur für mich sprechen, aber ich finde dieses Gefühl total – na soll ich es sagen? - ich finde es total super! Was hatte ich einen Spaß durch den Schnee zu jagen. Nikos hat sogar mit mir eine Schneeballschlacht gemacht. Natürlich hat er gewonnen, war aber sowas von lustig! Und was auch toll ist, die unsichtbaren Spuren hinter denen ich immer herschnüffel, werden für dich im Schnee sogar sichtbar! Kurz und gut, die ganze

Angst, die Greuelmärchen über Schnee, das ist wie die Geschichte vom Fädenziehen beim Arzt!

Im Mai wird kein Holz gemacht

Da war ich denn mal total überrascht, du kannst auch sagen platt, also von den Socken! Im Spätherbst und im Winter, so habe ich es gelernt, gehen die Förster und deren Mitarbeiter in die Wälder und markieren das Gehölz, das entfernt werden soll, damit die guten Bäume besser wachsen können. Und weil man nicht darauf setzen kann, dass sie von alleine umfallen, kommen die Motorsägen zum Einsatz. Hast du schon mal zugeschaut oder zugehört? Das ist richtig laut, wirklich, richtig laut. So, und nun bin ich beim Thema.

Letztens, vor einer Woche, sagt Nikos morgens früh zu mir: „Na Athos, du kleiner Schnarchbär! Das war aber schon Holz für einen ganzen Winter, das du da zusammen gesägt hast!" Puh, das hat gesessen. Auch Frauchen nannte mich schon mal: 'Schnarchnase'! Früher, also auf Kreta, hat sich nie jemand beschwert! Allerdings hab' ich da auch immer alleine in irgendeiner Ecke geschlafen. Jetzt, und das ist wichtig, steht ja mein Körbchen direkt neben Nikos Bett. Am letzten Sonntag haben wir drei ein Mittagsschläfchen gehalten. Im linken Bett liegt Lisa, in der Mitte Nikos und rechts daneben schlafe ich in meinem Körbchen.

Soweit so gut. Aber dann bin ich wach geworden! Herrchen schnarchte neben mir, dass jede Kettensäge peinlich berührt gewesen wäre. Und dann, und das war der Gipfel, höre ich Lisa sich mehrfach räuspern und: „Athos, RUHE!" sagen. Gerade so laut, dass ich es hören, aber der selig schlafende Nikos nicht geweckt werden sollte! Puh, da war ich sauer! Da bin ich praktisch doppelt geweckt worden: erst durch das grandiose Konzert für fünf dicke Bäume und drei Motorsägen und dann, kaum mit dem Höllenlärm abgefunden, durch den flotten Spruch von Frauchen! Wach war ich, aber hell wach! Zweimal der Doofe sein? Neee, nicht mit mir! Ich bin raus aus meinem Körbchen und ab auf die andere Bettseite, direkt neben Lisa. Dabei war ich gerade so laut, dass sie mich hören musste. Während ich also bei ihr war, schnarchte ich scheinbar in meinem Korb weiter.... Dann wurde auch Nikos wach und rührte sich. Lisa dreht sich zu ihm, lächelt ihn an und säuselt dabei: „Was hast du schön geschlafen!" Hallo? Ja geht's noch????

Eine Empfehlung von mir!
Also, ich bin ja schon öfter mit Lisa und Nikos essen gegangen. Oft besuchen wir dann "unseren Italiener um die Ecke", im Park in Bretzenheim. Ich finde das ganz o.k. Den

beiden macht das Spaß und sie sind dann immer, wie sagt man?: 'gut drauf'. Es duftet auch immer sehr gut und diese Auswahl! Ich weiß oft nicht in welche Richtung ich meine Nase halten soll. Das Blöde ist nur: die zwei sitzen am Tisch und vernaschen ihre Leckereien und ich? Ich liege unter dem Tisch oder daneben und langweile mich irgendwann. Und so zieht sich manchmal die Zeit wie ein alter Kaugummi unter meinen Pfoten.

Ich weiß nicht ob Nikos etwas gemerkt hat, oder ob es eine Eingebung war, ist aber auch egal. Entscheidend ist die Aktion! Gemeinsam sind wir beiden mit dem Auto zu einem ganz besonderen Lokal in Bretzenheim gefahren. Und da gab es nicht nur Essen vom Feinsten, nein auch wunderschöne Accessoires! Es war wie im Paradies: alles für den Magen, alles für das Auge und das ganze bei dezenter Musik. Da konnte ich mich nur wohlfühlen. Und das Buffet.... lecker, wohin ich auch nur schaute. Das Verrückte daran: extra für Hunde! Und das hatte ich schon gelernt: beim Buffet nimmt man von allem ein wenig und probiert – und wenn danach noch Platz ist, dann weiß man wo...

Also ich habe mich da so durchgeschleckert, hier ein wenig, dort ein bisschen und da aber auch noch. Sozusagen: all you can eat! Und das Beste: Herrchen brauchte für das Essen nichts bezahlen – nur das große dogibag hat gekostet. Ich überlege schon die ganze Zeit wie das Restaurant hier im Industriegebiet heißt! Zoohandel oder so ähnlich!?

Ein Tag
Heute ist so ein Tag. Natürlich ist jeder Tag ein Tag! Aber heute ist ebenso ein besonderer Tag, ohne dass er auffallend besonders ist. Es ist das Gefühl das mich durchschleicht. Nikos sitzt in seinem Arbeitszimmer am Computer und hört diese kretische Musik. Er möchte einen neuen Text schreiben und konzentriert seine Gedanken. Ich genieße diese Atmosphäre. in dieser Ruhe lauschen wir beide diesen Klängen, rau, direkt, tief ins Herz gehend: Psarandonis aus Anogia. Er singt und spielt mein Kreta, so wie ich es kenne und wie wir drei es lieben. Einsame Bergdörfer, die Glöckchen der Ziegen und Schafe, Olivenhaine, versteckte Klöster und Kirchen, blauer Himmel mit gleißendem Sonnenlicht, Oleander und Bougainvillae, Thymian und Rosmarin, liebenswerte Menschen.
Wenn du dich schon einmal auf diese Insel eingelassen hast, dann kennst du das ja alles. Dann kennst du auch die Düfte aus der Küche, frische Gemüse, Kräuter, Grillgeruch, aber auch die süßen Backwaren... Ich habe sie in der Nase, den Honig, die Orangen, den Zimt, die Walnüsse: Walnusskuchen, ein Traum! Nikos springt auf und eilt in die Küche an den Backofen. „Hab' ich ihn doch

beinahe vergessen!" schimpft er mit sich selbst und holt ihn heraus, den griechischen Walnusskuchen. Da werden doch tatsächlich noch immer Träume wahr. Und dazu passt dann natürlich die Musik von Vasilis Skoulas...

Das Leben in der Zone

Wir leben ja hier in der Zone. Den Begriff 'Zone' kennst du noch? Nein, dann frage mal deine Eltern oder vielleicht auch die Großeltern. Zone ist ein Gebiet, in dem es eigentlich immer Einschränkungen und Behinderungen verschiedener Art gibt. So wie letztens, hier bei uns, da werden plötzlich die Möglichkeiten aus der Zone mal hinauszukommen, drastisch verschlechtert. Aber wir haben wenigstens Glück, dass die Versorgung der Bevölkerung zumindest ausreichend ist. Aus Polen gelingt es immer wieder Lebensmittel hier herein zu bringen und am Wochenende kommt auch oft jemand, der Obst und Gemüse an einem kleinen provisorischen Stand an der Straße verkauft. Sogar Blumen werden bisweilen angeboten, das ist dann schon etwas Besonderes. Oder es gibt Marmelade, unbemerkt in irgendeiner kleinen Küche selbst gekocht, um die Haushaltskasse wenigstens etwas aufzufüllen. Wir leben hier also wie auf einer kleinen Insel, man kennt sich und manchmal hilft man sich gegenseitig in der Not. Auch wir Hunde halten zusammen. Wenn ich ein Leckerli bekomme, gibt es notwendigerweise natürlich auch ein Leckerli für den Anderen, denn der hat ja gesehen, dass ich eins bekommen habe. Aber richtig schlimm ist es mit der Straße, sie verrottet. Es ist kein Geld da, oder vielleicht hat man uns, Mensch wie Hund, auch schon abgeschrieben. Rundherum brodelt das Leben, da wird geteert, da werden neue Bahnen angelegt, oben am Himmel tobt der Bär. Aber bei uns? Da kontrolliert man schon mal nach einer Fahrt die Radmuttern, ob sie noch alle da sind, umschleicht lieber vorsichtig jedes Schlagloch. Und dennoch gibt es einige Menschen, die rasen wie eine wilde Sau durch die Straße, ohne Rücksicht auf Verluste, ohne Rücksicht auf die Kinder, als ob sie die Schlaglöcher überfliegen wollten, in unsere 30iger Zone im Südring!

Ich kenne Dich!
Neulich... also nein, ich fange anders an. Ich weiß ja nicht, ob es dir bekannt ist, dass ich Frauchen und Herrchen von mir erzähle. Letztens habe ich mit Lutzi darüber gesprochen. Lutzi ist meine beste Hundefreundin. Sie wohnt im gleichen Haus wie ich. Ihr habe ich erzählt, dass ich mein Innerstes, ich meine natürlich die Gefühle, mein Herz und meine Abenteuer, Lisa und Nikos preisgebe. Daraufhin meinte sie so ganz spontan: „Aufschreiben Athos! Deine

Geschichten musst du aufschreiben!" Klasse Idee, aber wie? Elefanten und Affen sollen angeblich malen können, aber schreiben? Ich kenne kein Tier, das schreiben kann. „Idee gut – Ausführung nicht möglich, Lutzi, meine Liebe!"

ABER: Neulich... also wir gehen gerade mal wieder an unserer Süd-Apotheke vorbei und schauen erst auf die netten Damen und dann auf die Auslagen. Mich interessiert das, weil oftmals so schöne Aufsteller von Katzen und Hunden im Fenster dekoriert sind. Wieso? Na, weil sie auch Tiermedikamente haben. Ich dreh mich eben um, steht vor mir eine Frau und starrt mich an. „Ich kenne dich!... Dich gibt's ja wirklich!" - Wieso soll es mich nicht wirklich geben? schießt es mir durch den Kopf. „Gerade letzte Woche habe ich das zweite Heft: Athos, das Geheimnis des grünen Papageis gelesen! Junge, was du alles erlebt hast! Und nun kenne ich dich persönlich!" Und dann streichelt sie mir über den Kopf und über den Rücken. Ich wusste gar nicht, dass Frauchen und Herrchen meine Geschichten schon aufschreiben und damit sich und anderen Leuten offensichtlich Freude bereiten!

Wir sind dann gerade ein paar Meter weitergegangen, da höre ich sie hinter uns mit verklärter Stimme:

„Wolfgang! Wolfgang! Jetzt kenne ich ihn, den Athos! Ach Wolfgang... wie schön!"

Die Waschanlage

Die Tage, das war kurz vor Weihnachten, bin ich zum ersten Mal im Auto mit in die Waschanlage. Ich hatte keine Ahnung, was da auf mich zukommen würde. Das erste was mir auffiel war die Schlange, die Warteschlange... es war mehr eine lange Wartewarteschlange. Ich hörte nur wie Nikos einen mittellauten Zischton durch die Zähne presste, einem Dampfkessel gleich. Ob ich dieses gezischte Wort schreiben kann, weiß ich nicht, ob man es schreiben darf.... ich lass das lieber offen.

Endlich war die Reihe an uns und, kaum abkassiert, wurden wir aber sehr unfreundlich mit heftigem Wasserstrahl begrüßt, dann Starkregen, plötzlich vorgetäuschter Schneefall, Bürsten schrubbten über das ganze Auto. Ich fürchtete schon, dass die Farbe wie ein weicher Kaugummi abgezogen wird, bis auf das blanke Metall, aber der Lack schien standzuhalten. Die Scheibenwischer und die Außenspiegel wähnte ich bereits mit weit aufgerissenen Augen und Halt suchend an mir vorbeisausen. Kurze Stille, „Endlich zu Ende!", schoss es mir durch den Kopf. Aber nein, diese blöde Anlage kleckerte noch heimlich aus der Hüfte heraus durch feinen Düsen über das Auto, aber ich habe diesen fiesen Trick dennoch bemerkt. Dann setzte mit lautem Getöse ein fürchterlicher Sturm ein, gut dass die Fenster geschlossen waren, so konnte Nikos ein Chaos verhindern. Und zack, wurden wir auf der Rückseite des

Gebäudes mit samt Auto wieder ausgespuckt... und was soll ich sagen? Was soll das ganze Theater nur? Der Wagen war genauso trocken wie vorher!

Gut beknetet

Es war am 30. Dezember 2017 um 15.10 Uhr. Ort des Geschehens: die Galerie Mainzer Kunst. Herr Weber – Schmidt, Chef des Hauses, erobert nach kurzem Räusper und etwas energischem Kling auf ein Glas, die Aufmerksamkeit und die Ohren der zahlreich anwesenden Gäste. Ich hatte mich schon die Tage vorher mit Begeisterung in der Ausstellung ´RUND UM DEN HUND´ umgeschaut. Jede Menge Bilder und Objekte. Verrückt war ja der „goldisch" Mops, noch hübscher als Mops Rocky aus der Nachbarschaft. Und sogar die Schäferhunde haben mir als Bild gefallen, genauso wie... ach, hättest selber gucken müssen! Faszinierend wie vielseitig meine Spezies dargestellt wurde, muss allerdings auch sagen, dass ich etwas enttäuscht war, vermisste ich doch ein Bild oder eine Statue von mir... Inzwischen war ich darüber weg, als ich plötzlich und unvermittelt durch die Eröffnungsansprache in Kenntnis gesetzt wurde, dass ICH heute, also an dem 30. Dezember 2017, sogar der Hauptdarsteller war, also indirekt, oder so.

Lisa und Nikos hatten Termin für eine Lesung ihrer Athos Krimis und Abenteuer im Rahmen dieser wunderbaren und interessanten Ausstellung. Leider kannte ich schon alle

Geschichten... und es wurde für mich doch etwas langweilig. Obwohl die Zuhörer lachten und klatschten, galt meine Aufmerksamkeit dem großen und wunderbar ausgeglichenen Hundekollegen Leo von Santorin und der aufgedrehten Hundedame von Teneriffa, Doli. Mein spanischer Kumpel Paulchen, der ist genauso durchgeknallt und genauso ungeheuer sympathisch. Aber da wir leise sein mussten, weil ja Frauchen und dann auch Herrchen vorlasen, kroch ich unter irgendeinen Stuhl. Und du glaubst es nicht, aber ich hatte es mir gerade gemütlich gemacht, kam von oben eine Hand und streichelte mich, irgendwann ging ich weiter und die nächste Hand kraulte mir den Rücken und so bin ich mal ganz locker 1 Stunde von Stuhl zu Stuhl rutschend durchmassiert worden, herrlich. Während Lisa und Nikos richtig angespannt waren, war ich so locker, dass ich fast auseinandergefallen wäre. Für so eine Behandlung brauchst du immerhin einen Krankenschein! Also, ich finde Lesungen jetzt toll. Was ich nur nicht verstehe: Die Besucher sahen doch alle recht intelligent aus... wieso können die nicht lesen?

Das Schweigen
Gut eineinhalb Jahre in Deutschland, totale Umgewöhnung, Deutsch in Sprache und Schrift (übertrieben) gelernt, drei wahnsinnig aufregende Kriminalfälle in Bretzenheim aufgeklärt – wenn das nichts ist?! Und alle meine zahlreichen Erlebnisse und

Beobachtungen der Lisa und dem Nikos diktiert, dass sie es niederschreiben konnten. Ja, so habt Ihr mich kennen und lieben gelernt.

Aber das ist ja nur der eine Teil von mir. Eigentlich bin ich nämlich der „Große Schweiger". Es gibt Tage, da kann ich mehrere Minuten lang nichts sagen, einfach gar nichts, also fast gar nichts zumindest. Da herrscht Stille, da hörst du nichts, da ist die Luft rein von Worten! „Das tut so gut!", sagen zumindest Lisa und Nikos...

Und dann höre ich noch Lisa sagen: „Wenn Athos so still bleibt, dann könnte ich endlich wieder an meinem zweiten Buch über meine Oma Frieda schreiben. Das ist noch eine Menge Arbeit!" Mmmhh, was soll ich davon halten? Und Nikos setzt natürlich noch einen drauf: „Ich würde auch gerne wieder malen, du weißt ja, meine kleinen Aquarelle, oder auch neue Aphorismen schreiben!"

Ups, alles klar! Ich habe verstanden! Aber ganz ehrlich: das kommt mir sehr gelegen, denn ich bin müde. Die letzte Zeit war super schön, aber auch reichlich anstrengend.

Und da steht mir ja auch mal Ruhe zu. Also, ich bin dann mal weg, bin in meinem Körbchen.... schweigen....